レジェンドノベルス
LEGEND NOVELS

俺はダンジョンマスター、真の迷宮探索というものを教えてやろう 1

contents

レジェンドノベルス
LEGEND NOVELS

俺はダンジョンマスター、真の迷宮探索というものを教えてやろう 1

プロローグ　はじまりはじまり

どうやら寝ていたらしく、朧気《おぼろげ》だった意識がハッキリしてくる。

俺が身体《からだ》を起こすなり、突然ファンファーレが響きわたった。


ぱんぱかぱーん！

――なにごとッ⁉


「おめでとうございます」

そして、いきなり祝福された。

意味がわからず目を瞬《しばた》き、周囲を見渡す。

すると、そこはまるで宇宙を思わせる場所だった。

一応、目に見えないだけで地面みたいなものはあるらしく、俺の身体が触れてる場所は、水面のように波紋を打つ。

それ以前に、手足が沈まないのだから、地面なんだろう。

さておき――

「……それで」

とりあえず、俺の横で、幼児用のおもちゃのラッパみたいなのを吹いて、ファンファーレを演奏している女性に視線を向けた。

サラサラとした銀髪に赤い瞳の――少女にも大人の女性にも見える美人は、無表情のままファンファーレを演奏している。

……ラッパ以外の音も聞こえてるんだけど、そこは気にしない方が良《い》い気がするのでスルーだ。

「アンタは誰で、ここはどこなんだ？　あと、何で祝福されたの？」

問われた彼女は、一瞬キョトンとした顔を見せたあと、改めてファンファーレを吹き鳴らした。

ぱんぱか　ぱんぱん　ぱーん！

しかも、さっきよりもハデだ。

っていうか、あのラッパ……穴やボタンらしきものがついてないんだけど、どうやって複数の音を出してるんだ？

「おめでとうございます」

「それはもういいから。何がめでたいんだ？」

「はい。貴方《あなた》は地球において人間が死という概念を理解した最初の死から……えーっと、なんかうんにゃらまんにゃら人目の死者となりました」

「人数が雑すぎる」

「いちいちカウントしてるわけないじゃないですか。人類誕生から何人の死者がでてると思ってるんですかッ!?」

「知るかよ、何で若干キレてるんだよ」

怒ってるカンジではあるんだけど、相変わらず無表情でなんか淡々としてるのが、逆に怖い。

「ともかく、貴方は――なんかとにかく、選ばれました」

「理由すらなくなった」

「仕方ないじゃないですか。私も上司から、なんか目覚めたらそれっぽく祝福してあげて――という指示しかもらってないんですから」

「上司からして雑かッ!」

そんな指示じゃ、彼女も困るに決まってる。

「俺がなんかよくわからないけど、何かに選ばれたってのは理解した」

「ありがとうございます。寛大な方で助かりました。私が貴方の立場であれば、問答無用で私を殴ってます」

「殴ってもいいなら殴るけど」

「痛いのは嫌です」

「ＯＫ。なら、話を進めていこう」

「はい」

そりゃあイラっとしたし、殴って解決すればそれでもいいけど、そうじゃないだろうしね。

何より、誰が悪いかっていえば、雑な指示を出した彼女の上司に他ならないわけで……。

とにもかくにも、現状を把握できる範囲で把握しないと。

「とりあえず、さっき——キミが俺に対して、何人目かの死者となったとか言ってたから、俺……死んだってコトだよね？」

「はい。そして、すでにお察しされているかもしれませんが、最近の現世ではよくある物語の序幕のような状況となっております」

「なるほど。異世界転生」

「話が早くて助かります。ちなみに私が異世界からの使者です。そんなワケで、ダンジョンマスターとか興味はおありですか？」

問われて、俺は少し悩む。

どんな世界のどういうルールのダンマスなのかはわからないけれど、興味の有る無しで問われれば、有る。

ちなみに余談だけどダンジョンマスターっていうのは、あれだ。

ダンジョンつまり迷宮とかを作る仕事だ。仕事というか種族かもしれない。まぁその辺は結構物語によって違うんだけど、要するに迷宮を作って人間やらそれ以外やらを待ち受けて、トラップにハメて、ハマってもがく侵入者を高笑いしながら眺めるカンジのやつだ。

色々偏見が混じってる気がするけど、まぁそんなカンジで。

元々JRPGとか好きだし、そういうギミックやトラップ満載の仕掛けダンジョンとか好きなので、是非とも自分の趣味全開のダンジョンとかをリアルに作ってみたい——という欲望を思えば、やってみてもいいかもしれない。

でも、その前に一応確認しておこう。

「それって、NOと言える質問？　NOって答えると雷が鳴って、聞こえなかった……とかループしない？」

「しません。しませんが……おもしろそうですので次回以降はそういう準備をしておこうかと思います」

「いや面倒だからしなくていいよ。主に答える方が」

ゲームなら笑い話だけど、リアルであのループされたら絶対殺意湧くぞ。

「それで、実際のところ異世界に興味ありませんと断ったらどうなる？」

「どうにもなりません。その場合は、普通に貴方を三途《さんず》の川《かわ》へお連れして、以後は通常の死後の裁判を受けていただくだけです」

ふむ——と、俺はうなずいて、続けて質問をする。

「引き受けた場合のメリットは？」

「次の人生も人間で生まれるコトが可能となります。その際は、誕生地域の指定もできますよ。ご希望でしたら、地球ではなく、ダンマスとして生活された世界も転生先に選べます」

「それってメリットなのかな？」

「どう受け取るかは人それぞれかと思いますが……基本的に、転生先ってランダムなのです。どんな生き物なのか、どの地域なのかも。そうは言っても基本的に魂を漂白してからの転生なので、何か覚えてるわけじゃないので、まったく気にならないとは思いますが」

結局のところ、この場の俺の気分の問題でしかなさそうだ。

「メリットというか報酬というか……ともかく、その転生先って、ダンマスとしての仕事を終えた後で選択してもいいの？」

「はい。そうしていただいて構いません」

つまるところ、ちょっとした人生の延長戦。あるいはロスタイム。

ならば、普通にはできないことを楽しんでみるのも悪くないかもね。

「それじゃあ、第二の人生——と言っていいかわかんないけど、ダンジョンマスターとやら、やってみようか」

現世に心残りはあるけれど、死んでしまったなら仕方ない。

何はともあれダンジョンマスター生活を始めてみるとしましょうか。

＊

さっきまでのは夢だったのだろう。

そういう実感を抱いたまま、俺こと荒谷《アラタニ》逢由武《アユム》は目を覚ます。

だけど、その目覚めは決して爽快と呼べるものではなく。

自分の内側で小さくなっていた何かが、突然膨張したような――

あるいは、小さくなっていた自分の身体そのものが、突然元に戻るような――

そんな内側から強引に叩《たた》き起《お》こされたかのような目覚めだった。

目は完全に開かず、藪睨《やぶにら》みのまま周囲を見渡す。

暗い――暗い――どことも知れぬ闇の中。

……何でこんなとこにいるんだ？

記憶の整理が付かず訝《いぶか》しんでいると――銀髪赤目の少女が声を掛けてくる。

「おはようございます」

「おう、おはよう」

それに反射的に返事をしたところで、ようやくハッキリと目が覚めた気がする。

「……あれ？　さっきの？」

「はい。先ほどのやりとりは夢ではありません」

なるほど。つまりこの闇はダンジョンの中というわけだ。

俺が一人で納得していると、向こうもこちらが理解できたのだと、思ったらしい。

「改めまして。この世界の創造主――その御使《みつか》いにございます。人間でいうところの名というものは持ちませんので、好きにお呼びください」

ペコリと丁寧にお辞儀する御使いに対して、俺も何となく背筋が伸びる。

「自己紹介するまでもなく知ってるかもしれないけど……荒谷逢由武だ。この世界だと、アユム・

アラタニの方がいいのかな？」

「そうですね。名乗る必要がある場合はその方がよいかと」

そうして互いに自己紹介しあったところで、ふと気づいた。

御使いは、なにやらソワソワしている。

相変わらず無表情っぽいんだけれど、明らかに何かを期待する素振りだ。

「……もしかして、命名待ち？」

「……はい」

何で少し照れながらなのかはわからないけれど、そういうことなら、考えてあげないとな。

「……っていうか、俺が付けていいの？」

「もちろんです――って、そうですね。説明してませんでした。話が前後してしまって申し訳ありません」

そう言ってから、彼女は改めて自分を示した。

「本日付けで私はダンジョンマスター・アユム様の補佐官に任命されました。よろしくお願いいたします。つきましては、我らが上司との契約を兼ね、私に命名をしていただきたく思います」

「結構重要なコトをサラっと忘れてたな、アンタ」

「……その、命名が楽しみで……つい……」

軽く目を逸《そ》らしながら、小さくつぶやく彼女は、結構かわいい。

まぁ美人の補佐官を付けてくれたってことは、創造主とやらに感謝しておくべきなのかもな。

「それじゃあ――『ミツ』でどうだ？」

「安易ですね」

「うるせ」

軽く口を尖《とが》らせながらも、何度も「ミツ……ミツ……」と繰り返してるので、満更でもないのだとは思う。

「ダンジョンマスターには必ず、我らが補佐に付き、その際に契約者様より名を頂くわけですが……時々、日本語で言うところの『あああ』とか『みつかい』とか命名されるコトを思えば、とても良い名を頂けたと思いましょう。ありがとうございます」

「誉《ほ》めてんのか貶《けな》してんのか嬉《うれ》しいのか……どれだよ」

クールぶっているようで、どこか締まりのない気配がするので、たぶん嬉しいんだろうけど。

基本的に無表情なのに、わりと感情豊かっぽいな、こいつ。

「それで――御使いに名前を付けると契約完了なんだろ？　このあと、どうすればいいんだ？」

俺が声を掛けると、ハッとしたような反応をしてから、さも何もありませんでした――という表情で、一つうなずく。

「こちらを」

手渡されたのは、タブレットみたいなやつだ。

ファンタジーな世界のはずなのに、いきなり神の関係者が世界観を壊してくるのは頂けない。

とはいえ、受け取らなければ話にならないようなので、素直に受け取った。

「これは？」

「地球で言うところのタブレットのようなものです。タブレットちっくに、タブレットな感じで、タブレットっぽく操作していただければ、タブレットな使い心地を味わえる、神の関係者しか使えない伝説の本――正しくは本の姿をした魔具《まぐ》……いわゆるマジックアイテムです」

「つまりはタブレットだな」

「魔具の本。つまりは魔本です」

「でもタブレットなんだよな？」

「タブレットちっくなだけで、魔本です」

なかなか頑《かたく》なな奴《やつ》だ。

「まぁ、なんでもいいけど」

俺はそれを受け取って、軽く画面を撫《な》でてみる。

すると、ホーム画面に、【ダンジョンメイク】というアイコンだけが表示された。

「ダンジョンを弄《いじ》くるときはこれを使えってコトか」

「はい。詳細な使い方は、都度お教えしますし、気になるコトがあれば、質問していただければ答えます。何はともあれ、まずはアプリを起動して、操作してみてください」

「わかった」

うなずきながらも、俺は少し首を傾《かし》げた。

「アンタ、今……アプリって口にしたよな？」

「しましたが何か？」

「やっぱタブレットじゃねーか」

「魔本ですッ!!」


何はともあれ――と、【アプリ：ダンジョンメイク】を起動すると、親切なことにチュートリアルのようなものが始まった。

まずは、部屋を整えてみましょう――ということで、方眼紙のような画面に切り替わる。

方眼の一マスは、約一平方メートルらしい。

あくまで目安であり、別に形を四角く整える必要はないそうだ。

――まぁ最初は線に沿っての方がいいかな？

緑色に点滅している丸いのが俺のようだ。

なので、その点を中心に、五マス（五メートル）四方の外枠に指先を滑らせて枠線を引いていく。

そうして、実行ボタンをタップする。

瞬間――俺のいた空間が、五メートル四方の空間に変化した。

「おお」

思わず声が出る。

魔本《タブレット》で設定したものが、こうも即座に現実に反映されるっていうのは、結構おもしろい。

画面に表示されたチュートリアルメッセージには、

《天井が低いと感じたときは、高さをイメージしながら再度実行キーをタップしてください》

……と、表示されている。

ただ、イメージしている高さがダンジョンを内包している地形の高さを超えるような場合は、可能な限り最大の高さになるようだ。

この辺は、ダンジョンマスターとしての腕があがれば、空間歪曲《わいきょく》設定とやらで、無視できるようになるみたいだけど。

「なぁ、ミツ。画面に表示されてるのは平面マップだけど、立体マップとかはないのか？」

「もちろんありますよ。今はあくまでチュートリアルですからね。まずは基本とわかりやすいところからの解説になっているのです」

「ふむ」

納得したので一つうなずき、俺は魔本《タブレット》へと目を落とす。

今はチュートリアルなので、ノーコストであれこれ設置したり、設定の更新や変更ができているけれど、本番ではＤＰ《ダンジョンポイント》を消費して行うようだ。

このあたりはわりとお約束ともいえるので、わかりやすい。

日付が変わると、ダンジョンマスターの技量と、ダンジョンの状態に応じたＤＰが付与される。

またそれとは別に、一定時間ごとに僅かなＤＰ付与が発生する。発生時間と、付与量はダンジョン内の状況によって異なる。

まず、ダンジョン関係者以外の生物が滞在していると、付与速度が上昇。

またそれら生物の感情が、喜怒哀楽にかかわらず高まるほどに付与される量が増える。

ダンジョン内に放置された、ダンジョン関係以外の物質――生物の死骸含む――を吸収することで、吸収した物質に応じたＤＰに変換できる……と。

まぁ――この辺はナナメ読みでいいな。わかんなくなったらミツに聞く。

チュートリアルの指示に従って、ダンジョンの設定やオブジェクトの設置なんかを練習する。

ほかにも、魔本《タブレット》の中のリストにないオブジェクトの作り方――みたいなのもあったので、これもしっかり練習した。

プログラミングみたいなややこしいことが必要なのかと思ったら、ＤＰの消費とイメージの組み合わせでできるようだ。

一通りチュートリアルを楽しんだところで、ミツが声を掛けてくる。

「どうですか？　ダンジョン運営――できそうでしょうか？」

「そうだな。思ってたより楽しくて、わりとワクワクしてる」

「それは何よりです」

うんうん――とうなずいているミツに、俺は少し真面目な顔を向けた。

「それでさ、ダンジョンマスターを開業する前に聞いておきたいコトがあるんだけど」

「はい。私に答えられるコトであれば、何なりと」

「この世界において、ダンジョンってのはどういう位置づけなんだ？　そしてダンジョンマスターは何を目指せばいい？」

　これは聞いておくべきことだと思う。

　ダンジョンの立ち位置というのは、運営方針にも関係するのだから。

「創造主による人々への試練です。同時に慈悲でもあります」

「試練――ってのは何となくわかるけど、慈悲ってのは？」

「創造主曰《いわ》く――この世界の住人は、進化するチカラがお世辞にも高くないそうです。どのような世界であれ、その世界に住む生き物たちは、発見し、研究し、想像し、発明し、発展し、やがて進化する――それを繰り返します。それこそがヒューマノイドタイプの……人間と称される生物の営みの、大雑把な螺旋図《らせんず》です」

　ミツの言いたいことはわかる。

　例えば――火を発見し、研究して克服し、使い方を想像し、それを形にしたものが発明されて、文明が発展し、発展の影響で環境が変化し、変化した環境に適応することで生物は進化していく。

　環境が変わることで新しい発見があり、研究がされて――そうやって世界は変遷していく。

　地球の歴史も、その螺旋図とやらに沿って発展と進化を繰り返している――と言われればそうだろう。

「ですがこの世界の人間は、進化に必要なパラメータが軒並み平均以下なのだそうです。ある日、そのコトに気づいた創造主はショックのあまり三日ほど寝込んだそうです」

「うーむ……」

意外とメンタル弱そうだぞ、創造主。

「それ以来、自分には世界管理の才能が皆無なのではないかと、ずーっと落ち込んでいて、正直少々鬱陶しかったのを覚えてます」

「上司相手に辛辣だな」

信頼の上での辛辣さなのか、容赦の無い辛辣さなのか、微妙なところだけど。

「この世界が、地球のように放置していても勝手に進化していくような世界ではないと気がついた創造主は、世界にダンジョンを創りました」

「ああ、だから試練で慈悲なのか」

「ご理解が早くて助かります」

つまりは、ダンジョンは進化という自転車に付けた補助輪というわけだ。

モンスターやトラップという試練を乗り越え、今の時代には作成不可能ながら、それでも希望の見えるような道具《アイテム》や技術を与える。

例えば武器。

それを見て、いずれ自分もこの領域の武器を作ってやる——とやる気になった鍛冶屋がいれば、技術発展があるかもしれないわけだ。

ダンジョンという発見の場を提供し、高めの技術を見せて研究心に火を灯《とも》し、自分が作る新しい武器を想像させ、新たなものを発明させる。

ダンジョンに発明品の使い方のヒントなども置いておけば、文化発展の後押しにもなることだろう。

「その為《ため》に、ダンジョンマスターを異世界人にしてるわけだな」

「いえ……最初は無人のコア制でした。創造主が各地にランダムでダンジョンを発生させ、ダンジョン最奥にコアを宿した強化型モンスターを配置。コアであるモンスターを破壊すれば、ダンジョンは消滅。その代わり報酬を与える——そういうシステムだったのですが……」

「うまく行かなかったのか？　強化型モンスターが強すぎたのか？」

「いえ。システムそのものはうまく回ってました。ただ、進化の兆しがまったくなく、システムだけが世界に組み込まれてしまったのです……」

「は？」

あまりにもあまりなミツの言葉に、俺は思わず間の抜けた声を出してしまう。

「進化する兆しがなかった……ってのはどういうコトだ？」

訝しみながら俺が訊《たず》ねると、ミツは疲れたように嘆息し、答えた。

「正しくは、主が望む形ではなかった——というべきでしょうか。例えば……ダンジョン産の剣を見た多くの鍛冶師たちは、『ダンジョンでこんな良い剣が手に入るなら、俺たち仕事する必要ないな！』って、次々とダンジョン探索を生業とする仕事、探索者《シーカー》へ転職していきました。そして、世界は探索者《シーカー》を中心とした進化の兆しを見せ始めたのです」

「うあー……」

そうなれば当然、鍛冶技術が発展することもなく――研究のパラメータが低いって、そういう弊害があるのか……。

創造主が三日寝込んだと聞いたときは大袈裟《おおげさ》な――と思ったけど、これは寝込む。そら、ショックだわ。

「なので創造主は、出現モンスターもコアモンスターも強力なのに、報酬のショボいハズレダンジョンを一定数混ぜ込み、ダンジョン頼みの生活にリスクを持たせ、そうして再び見守りました」

「がんばってるんだな、おまえの上司」

「はい。時々鬱陶しいですが、がんばり屋なのは間違いありません」

そう言うミツの目が遠くなってるのは、そのがんばりが報われていないからだろう。

「そして、ハズレダンジョンが実装されてからしばらくして、人間が新たなチカラを発現させました」

「ほう。それは何よりじゃないか」

「そうですね。この世界の人間が手に入れた新たなるチカラ……それは、気配察知とか、鑑定とか、直感とか、そういう類のものでした」

「つまり、わかり合い宇宙《そら》へ？」

「いいえ――そんな人間同士による新しい交信《コミュニケーション》の為のチカラではなく、それらの能力の大半はハズレダンジョンを識別するのに利用されました」

「そういう方向かよッ！」

よりによって、そういう形にチカラが発現すんのかよ！

どうなってんだ、この世界はッ⁉

「さらには、その鑑定系スキルの覚醒をキッカケとして――元々どう進化しても良いように……と、主がスキル概念世界の種も蒔《ま》いていたのが、むしろアダになったといいますか――人間たちが【ルーマ】と呼称したチカラが発現し、その情報が共有されるようになりました」

「進化っちゃ進化だけどな……。どうせそのスキル……ルーマだって、ダンジョン探索にしか使われないいんだろ？」

「はい。本当に、ダンジョンありきの世界へと変じてしまっているのです」

人々はルーマを研究する。

このチカラをどうやればもっとダンジョン探索に有効利用できるのかと。

「その研究の結果、人間は、ルーマには大別して三種類のチカラがあると気づきました。一つが、アーツ。使い手をルーマ・アーティストと呼びます。地球人のアユム様には、武器や肉体を用いたアクティブスキルといえば理解できますかね？」

「自己の身体能力強化とか、武器から気や属性をとばしたり……みたいなやつか」

「はい。その認識であってます」

「……ってコトは、魔法系もある？」

「そのとおりです。ブレスと呼称されており、使い手はルーマ・ブレシアスと呼ばれます」

「この流れだと、もう一つはパッシブ系かな？」

「はい。マスタリー系と呼称されており、剣技マスタリーとか炎属性マスタリーとかがあります——といえば、何となくわかりますか？」

「ああ」

取得すれば、自身の能力を底上げできるタイプのスキルだろう。

ゲームだったら、必要最低限のアーツないしブレスを習得したら、マスタリーをメインに鍛えていく方が、強いキャラを作れそうな感じはする。

なんであれ、そういうものが存在していて、そこまできていれば、あとは、ルーマを中心とした社会形成がされていき、自然と文明・文化の発展と進化がはじまる気もするんだけど……。

「ルーマの存在は差別などを作り出したりすることはありませんでした。そもそもこの世界の人々は、ルーマの有無よりも、ダンジョンを探索できるかどうかで人を判断します」

「つまり探索者《シーカー》以外は蔑《ないがし》ろ？」

「いえ、流石《さすが》にそこまでの脳筋ではありません」

あ、脳筋って言った。

いやまぁ聞いてる限り脳筋なのは間違いないけど。しかもダメな方の。

「ダンジョン探索のバックアップをしてくれる重要な役割を担う人という扱いでしょうか」

「住民総ダンジョン依存か」

「農作物による自給を、ダンジョン成果が低迷したときの保険扱いにしてるような世界ですから」

「そこまで考えられるのに、どうしてダンジョンが無くなる可能性を考えないのかね」

「ダンジョンが世界に根ざしすぎた弊害でしょう。依存が過ぎているので、今からこれを打ち切ると世界から人間が絶滅しかねないのが悩みの種です」

「……そうか」

「この世界の合い言葉は『そんなコトよりダンジョン行こうぜ！』というレベルですからね」

「矯正とか無理なんじゃないか、それ」

まぁ創造主も創造主で、ダンジョン問題を放置しすぎてる気がするな。

いや、状況を思えば、やむを得ないこともあったのかもだけど。

「ちなみに余談ではありますが、ルーマ使いの内訳です。

アーティストが8、ブレシアスが2です」

「偏りがひどいな」

「ブレシアスの内訳として、攻撃型が8、回復・補助型が2です」

「それでよくダンジョン探索ありきの世界とか言えるよな」

バランスが悪すぎる。

アーティストもブレシアスもアタッカーばっかりで、サポートが居なさすぎるだろ。

「なぁ、アーティストの中で、弓やスリングショットみたいな中・遠距離型はどのくらいだ？」

「……4……いえ、3くらい、でしょうか？」

「一番人気の武器は？」

「剣ですね。二位が槍《やり》で、三位が斧《おの》」

「パーティ内にタンクがいるパーティは？」

「ほぼ、ありませんね」

「…………」

脳筋にもほどがあるな、この世界の連中……。

余談だけど、タンクってのは別名、殴られ屋だ。

敵を挑発するなどしてヘイトを稼ぎ、自分に攻撃を集中させることで、パーティを守る。

ゲームとかだと、ＨＰや防御力の高い奴が、担当する役割だ。

最悪、アタッカーがやられても、タンクがサポートを守り切れれば、回復などから戦況の立て直しをはかれる。

地味で、ちゃんとこなせる人もあまり多くないけど、かなり重要な仕事だ。

この脳筋世界であろうとも、パーティ内で一番重要なアタッカーを守る為にタンクに徹する奴がいるだけで、生存率や踏破率は高まるはずなんだけど……。

「ダンジョン攻略に特化した進化――とも言いづらい進化の仕方をしてるな……」

「そうなのです……そうして、ふつうの方法では軌道修正が難しいと判断した創造主は、この世界で命を落とした生き物の中から、見込みのあるものをコアと融合させダンジョンマスターとして蘇《そ》生《せい》するコトを考えました。その中には、タンクやサポート、ヒーラーの重要性を訴えている人物などもおり、そういった方は通常のダンジョンとは異なるひねくれたダンジョンを作り出していたので、悪くない効果があるのでは……と期待していたのですが……」

「ダメだったのか？」

「特殊型モンスターや特殊トラップも数の暴力や、強いルーマによる力業で突破していきました」

……ほんと、どうしょうもねぇな、この世界……

「そんなワケで、現地人では思いつかないようなダンジョンを作ってくれるだろう日本人に、ダンジョンマスターをしてもらおうと考え、アユム様に白羽の矢が立ったわけです」

キリッという効果音が聞こえてきそうな様子でミツはこちらを見てくるんだけど……

なーんか……チュートリアルで感じてたワクワク感はすでに消えちゃってるんだよなぁ……

まぁそれでも、やると言ったのは俺なので、がんばりますけれども！

1　それではダンマス業を始めよう

「とにもかくにも、だ。様々な手段を講じてみたものの、この世界の住民たちは、ダンジョン攻略を中心とした脳筋方面にしか進化しないので、意識改革をできるようなダンジョンを作ってほしいってオーダーでいいか？」

俺がミツに確認すると、彼女はうなずいた。

「贅沢《ぜいたく》を言えば、ダンジョン依存症の解消もです」

「それは本気で贅沢だな。とりあえずは、脳筋じゃクリア不可能なダンジョンを作ってみる」

「よろしくお願いします。可能な限りのサポートはいたしますので」

そうと決まれば、まずは――

「早速なんだが、実は作りたいダンジョンの構築法についてなんだけど」

いくつか確認をしたあと、俺はダンジョンメイクを実行することにした。

脳筋を矯正するといっても、まずは俺の作るダンジョンに来てもらわなければ意味がない。

だが、ダンジョンに潜ることを生業にしている探索者《シーカー》たちはハズレダンジョンに対する嗅覚が発達している。

つまり、ハズレダンジョンだと思われてしまったら見向きもされない可能性があるわけだ。

理想としては、最初からそれなりの旨味《うまみ》があり、奥に行くほど旨味が増すものの、脳筋ではクリアしづらくなっていく——ぐらいがベストだ。あくまで理想だけど。

「さて」

魔本《タブレット》を操作して、最奥のダンマス用ボス部屋とは別に、管理室を作る。

この管理室は、原則的に俺とミツ……そして、俺とミツの両方から許可を得たものしか入れない隠し部屋と設定した。

「あ、日本人としての生活レベルは可能な限り維持したいな」

——そんなワケで、管理室から廊下を延ばし、俺の部屋とミツの部屋。ダイニングキッチン、お風呂、娯楽室なんかも作っておく。

「そういや、俺ってダンジョンの外に出れる？」

「申し訳ないのですが、アユム様が活動可能なのは、アユム様のダンジョンとして括《くく》られた範囲のみになります」

「なるほど。じゃあ、いくつか裏技使えば出歩けそうだ」

チュートリアル中に思いついたことがある。

思いついたというか——この手のお話のお約束的な裏技ともいうやつだけど、まぁ今はまだできそうにないので保留保留保留。

「裏技……？」

「それは必要になったときにでも、な」

出歩くのが難しそうだから、運動室みたいなのも作っておくか。

「ダンジョン産の野菜や肉を呼び出せば食料は問題なさそうだな。あとは――」

「あのー……アユム様。メインとなるダンジョン部分は……？」

「まずは俺の生活環境だ。モチベを維持できる環境を作りたい」

挑戦者が増えてくるならそれが娯楽になるだろうけど、最初は絶対にヒマだろうしね。

「俺をこの世界に連れてきた創造主さんは、俺に多めの初期DPをくれたみたいだからね。余裕はあるんだ」

「今のDPはどれくらい……？」

俺が答えると、彼女は目を見開いた。

「それなりに無駄遣いしても余裕がある額ですね」

「それなりに無駄遣いしても余裕がある額だったか」

多いとは思ってたんだ。

生成可能一覧にあるモノの消費DPからすると、多すぎない？　とは感じていたから。

そんなワケで、基本的にDPは気にせずに使いまくって問題なさそうだ。

――というか、やっぱ創造主は甘いんじゃないかなぁ……。

優しいというか甘いんだよなぁ……。

まぁありがたく使わせてもらうけど。

「生活環境を整えた上で、ダンジョンの制作も問題ないのでしたら、大丈夫です。差し出口をすみません」

「いいって。それを説明してなかったのにこんなモン作ってたら、不安に思うのも仕方ない」

チュートリアルが終わったときに、ご武運をとＤＰが付与されたんだけど、続けてメッセージが飛んできた。

それには、異世界事情への理解と協力を感謝すると書かれていて、読み終わると大量のＤＰが付与された。

メッセージの送り主は間違いなく、創造主なのだろう。

余談だけど、いわゆる物語の最初に遭遇する系モンスターのコストが３ＤＰ。

一匹で３ＤＰなわけだけど、フロア内での永続ポップ化は、そのモンスターの単体コストの百倍のＤＰ。

今の俺のレベルで召喚できる最上位が、中堅クラスのモンスターであるワイバーン。コイツの単体コストが３００ＤＰ。

この流れでいくと、上級モンスターの単体コストは３０００ＤＰくらいだろう。コイツの永続ポップ化に30万ＤＰといったところだ。

そんな計算ができたところで、俺の所持ＤＰなんだけど……１兆である。正しくは１兆ＤＰをボーナスとして創造主からもらった。

そこに初期値らしい１万ＤＰをもらっているので、まぁ……１兆とんで１万ＤＰだ。

計算したり節約したりするのがばからしくなる額なので、１０００億下回るまでは、あわてなくてもいいかな……と思ってたりもする。

……なんてことを考えつつも作業は進む。

「よし、生活空間の構築は完了だ。続いてメインとなるダンジョンだぞ。ミツ、協力頼む」

「おまかせください」

相変わらず表情はあまり変化はないのだけれど、声は弾んでいる。頼られるのが嬉しいのかもしれない。

この子、犬属性なんじゃなかろうか。

クールな澄まし顔で、ぶんぶん尻尾振ってるのが幻視《み》える……。

それはそれとして、ダンジョンだ。

地上部分は入り口のみ。

地下一階から、ダンジョンはスタートし、地下五階にフロアボスの部屋を作る。倒さないと先に進めない仕組みだけど、地下六階より下は保留。

まずはこの構成で様子をみる。

一階と二階は、ローグライクな感じで、形が常に変化するフロア。

もっとも、不特定多数の人が常に出入りするようなリアルダンジョンだとゲーム同様に入ると形が変わるという設定は難しかったので、日付とともに形が変わるように設定した。

「あの、アユム様。ローグライクってなんですか？」

「ん？　ちょっとおデブな武器商人や、三度笠《さんどがさ》が似合う風来坊が、何度も何度も潜るダンジョンだ。それをモデルにした」

「アユム様の世界にダンジョンは無かったのでは……？」

「物語の中の話だよ」

答えてやると、ミツはポンと手を叩《たた》く。

ちょくちょく地球の言葉に置き換えて説明をしてくれるミツだけど、すべての情報が地球知識とヒモ付いてはいないようだ。

この様子だと、基本知識はともかく娯楽知識は偏ったり薄かったりしそうではあるけれど。

「そのローグライクダンジョンというのは、地下の一、二階だけなんですか？」

「いや、ほかのフロアにも設定するけど、基本的にメインギミックではないな」

「では、アユム様はどのようなダンジョンを目指しているのですか？」

その問いに俺はニヤリと笑う。

きっと、この世界では初となるダンジョンだろう。

俺が目指すのは、俺自身は結構好きなタイプのダンジョンだ。

RPGに出てくると、楽しみながら解いていき、その出来が良いとすごい嬉しくなる。

ただ、今の時代——あまり凝った仕掛けを作りすぎると、面倒くさがるプレイヤーが多いので、昔ほどガッツリ作り込んだタイプのダンジョンは作れないと聞いたこともある。

そのクセ、リアル脱出ゲームみたいなのがはやっているのだから不思議な気はしているけれど……。

何はともあれ、俺が作るダンジョン。

それは――

「謎解《ギ》きや仕《ミ》掛《ッ》けの多《ク》いダンジョンだ」


――そんな感じでドヤ顔決めたのが一週間前。

いや、思い返すと、何であんなドヤってたのか……と思わなくはないんだけど。

とにもかくにも、パパっとやるつもりが、ちゃんと解けるかどうかの試算とか、最初はあんま難しすぎるのもなぁ――と、あれこれ悩んでるうちに結構時間がかかってしまったわけで。

それでも、どうにかこうにかオープンまでこぎ着けました。

まだ細かいところが決まってない、地下六階以降にも、色々大規模な仕掛けも作ったんだけど、お披露目できるかは探索者《シーカー》たちのがんばり次第。

「そんなワケで、《変遷螺旋領域《へんせんらせんりょういき》　機巧迷宮《きこうめいきゅう》ラヴュリントス》、はじまるよー！」

「そんな名前だったんですね。というか長いです。あと……」

「おっとッ、それ以上は言わせねぇ！　あと厨二病《ちゅうにびょう》とも言わせねぇ！」

「自分で言うのはいいんですか？」

何やら胡乱《うろん》げな眼差《まなざ》しを向けてくるミツから視線を逸らして、魔本《タブレット》へと目を向ける。

内部の準備はある程度、終わった。あとは出現させるだけ。

どこに出現させるかも、すでにミツと話しあって決めている。

バーレイホップ大陸ペルエール王国領マナルタ地方丘陵地帯。

それがこのダンジョンの入り口となる土地だ。

王都から近く、それでいて周辺に何もなく、ここを通る街道なども特にない——本当に何もない場所だ。

ゲームなどでこんな土地を見たらあまりの何もなさに、むしろ終盤にこの土地で何か起きるんじゃないか——っていうのを疑うレベルの何もなさ。

「それじゃあ、設置を実行するぞ」

「はい！」

俺は、魔本《タブレット》に表示された『実行』ボタンをタップする。

瞬間——

《ダンジョン：変遷螺旋領域　機巧迷宮ラヴュリントス　オープンいたします》

魔本《タブレット》から、そうアナウンスがされて…………………

されて…………………

されて…………


「これだけ？」

「はい。どうかしましたか？」

「いや、なんか派手な震動とか、爆音とかあるのかなーって……」

「主には、そのうち実装するように進言しておきます」

「いや、別に必須ってわけでもないんだけどさ……」

盛り上がらないというか、拍子抜けである——……


ダンジョンオープンから数日。

ついに、最初のお客さんがやってきた。

どうやらペルエール王国の調査兵たちのようだ。

俺とミツは管理室から、その様子を窺《うかが》う。

はてさて、どんなリアクションをしてくれるのやら……

このダンジョンの見た目は洞窟だ。

入ってすぐに、広めのエントランスがある。エントランスの奥には三つの扉があって、一つがダンジョンの入り口である魔方陣の部屋。

一つは、魔方陣を起動させるアイテムが手に入る仕掛けのある宝部屋。

一つは、扉が堅く閉ざされている意味ありげな部屋だけど、実際は出口専用扉だ。

魔方陣の部屋と、宝部屋には、それを利用する為のヒントとなる詩文を壁に彫っておいた。

ＲＰＧではお馴染《なじ》みの謎の文章系謎解きだ。

——とはいえ、これはそこまで難しくはしなかった。

ＲＰＧに馴《な》れてればヌルゲーもいいところな謎掛けだけど、はてさてこの世界の兵士さんたちに解けるかな？

まぁゲーム馴れしてなくても、壁の詩文が何を意図してるかを読み解こうとするのが普通の反応だとは思うんだけど……

調査兵の皆さんは、魔方陣相手に色々やってるけれど、結局は何も起こらず首を傾げてる。

一応、壁の詩文には目を通したっぽいんだけど……あれ？　理解できてない……？

彼らは諦めたみたいで、一度魔方陣の部屋から出て、宝部屋に移動した。

この部屋は、中央に空の箱があるだけの部屋だ。

だけど、あるギミックを利用すると、箱の中にミツカ・カインの腕輪というアイテムが手にはいるようになっている。

鑑定スキルでこの腕輪を見ると、魔方陣を起動するのに必要な装備だってわかるようにしてある。ついでに、ちょっとしたフレーバーテキストを付与してあるので、鑑定を使うと世界の神秘に触れられる仕様だ。

ダンジョンで生成されたものには、ダンジョンマスターが鑑定結果のテキストメッセージを作ることができるとかで、ちょっとこだわらせてもらった。

旅と冒険を司《つかさど》る女神ミツカ・カイン。

そんな神は、この世界にいないので、俺がでっちあげただけなんだけれども。

そんなでっちあげた女神に関する情報をちょろっと書き込んである。

「女神の名前……モデルは私ですか？」

「時が来たら、ミツカ・カインとして人前に出てもらうから、よろしく」

告げると、ミツにしては珍しく顔をひきつらせた。

おもしろい顔が見れたので、良い仕事ができた気分だ。

「しかし、あいつら――箱が空なのを確認してから、興味失《う》せたみたいに放置してるな……」

「あれだけわかりやすいメッセージも添えてあるのですけど……ダメなのですかねぇ……」

とりあえず、二人で首を傾げてても仕方がない。

何とか、あの場の音声とか拾えないかな――と、魔本《タブレット》を開く。

「あ、できそうだな」

そうして作り出したマイクを、王国兵たちに気づかれぬように設置した。

俺がマイクを設置した頃には、王国兵たちは宝部屋から外にでていて、今度は出口専用扉に攻撃を仕掛け始めた。

オノで、剣で、魔法で。

あらゆる攻撃を叩《たた》き込《こ》み、それでも開かないと見るや、全員が露骨に落胆した。

「無茶苦茶やるな、あいつら。あれで扉が開いて、中から即死トラップが飛び出してきたらどうするんだ？」

「それで迷神《めいしん》の沼に沈むなら栄誉――そういう反応だと思います」

「迷神の沼？」

「この世界における死後の世界のコトです。実在はしませんが、人間たちは生き物が死んだとき、命はその沼の底に沈むのだと考えているのです」

「ふーん……」

つまり、トラップの最初の犠牲者となることで、後続が生きながらえるのなら問題ない――という考え方なのだろう。

正直、その考え――否定はしないけど、どうかと思う……

なんてことを考えていると、扉に攻撃を仕掛けるのを諦めたようで、兵士たちは集まって相談をし始めた。

『何もないな、このダンジョン』

『あの魔方陣も動く気配が無いですしね』

『この箱も空で、もう一つの扉は何をしても開かないですからね』

『この扉はどうやってもビクともしない……一度、引き揚げましょうか？』

『そうだな。鑑定士が来て、鑑定を終えたら、帰還するとしよう』

『隊長、壁に彫られていた言葉はどう判断いたしますか？』

『意味などないのではないか？　詩を嗜《たしな》むダンジョンマスターというだけだろう』

『なるほど』

なるほどじゃねーよッ!!

何で部下たちもさすが隊長みたいな顔してるんだよ!!

「……とりあえず、ダンジョン鑑定士とやらの鑑定結果には不明と出るように設定しておくか……」

俺は深々と嘆息する。

これは確かに手強《てごわ》いな……

「今から疲れていては、今後持ちませんよアユム様」

「……どういう意味だ？」

「おそらくですが……この人間たちはまだマシな部類——という話です」

ミツの言葉にショックを受けた俺は、やるせないため息をついて、席から立った。

「どちらへ？」

「ショックが大きいので不貞寝《ふてね》してくる」

「…………ごゆっくりどうぞ」

丁寧に見送ってくれるミツに後ろ手を振りながら、俺は部屋をあとにするのだった。

……拝啓、お母様。
俺はこの世界で、ちゃんとダンジョンマスターができるのか不安です。

2　『サリトス：はぐれモノの探索者たち』

俺の名はサリトス・サボテニア。

Ａ級探索者《シーカー》なんて呼ばれることもある剣士だ。

探索者《シーカー》のランクはＦから始まり、Ｅ、Ｄ、Ｃ、Ｂ、Ａ、Ｓ……となっている。

つまり、俺は上から二番目のランクにいる探索者《シーカー》ということだ。あまり、ランクにはこだわっていないが、高いと無茶な意見を通しやすいので助かっている。

次の誕生日で三十を迎えるというのに、二十代前半——時には十代後半——と誤解される容姿のせいで、初対面でナメられることが多いのが目下の悩みの種だな。

そして、その悩みの種が現在進行で発芽して、花を咲かせた。

新しく生まれたというダンジョンに向かう道で、俺はその男に声を掛けられ名乗ったのだが——

「何だよ……腕利きの探索者《シーカー》なんて言ってもこんなガキかよ……」

「何を期待していたのかは知らないが、もとよりこういう見た目だ。そう言われても困る」

「ケッ、Ａ級だかなんだか知らないが、気取りやがって」

「すまないが——Ａ級探索者《シーカー》という言葉を知らないというのは、探索者《シーカー》としてどうなんだ？　いや、そもそもおまえは探索者《シーカー》ギルドに登録しているのか？」

ふと疑問に思ったので訊ねると、彼はなぜだか顔を真っ赤にした。

「オレだって探索者《シーカー》だッ！　ギルド登録くらいはしてるに決まってるだろッ‼」

「なるほど。やはり同業者であったか」

「テメェ……」

なぜか男はギリリッ——と奥歯を鳴らした。

彼がなぜここまで怒っているのかを俺なりに考えてみる。

おそらく彼は初心者の探索者《シーカー》なのだろう。

A級を知らないという発言からすると、ギルド加入時にされる説明をちゃんと聞いていなかったのだと思われる。

怒っているのは一種の虚勢だろう。

緊張を紛らわす為、見た目からケンカの売りやすそうな俺を選んで声を掛けたのかもしれないが

相手の実力を正しく判断できてないところはよくないな。

彼はやはり改めて、初心者講習を受け直すべきだろう。

探索者《シーカー》といえば聞こえはいいが、この仕事は死と隣り合わせだ。

基礎や基本知識というのは非常に重要だからな。

俺はちょっとした親切心を利かせて、彼に告げた。

「これはちょっとした親切心なのだが——君はギルドの初心者講習を受け直した方が良いのではな

いかな？」

「…………ッ」

なぜか彼の顔は、より赤くなった。

「そう羞恥するコトもないだろう。俺とて時々参加している。あの講習は、ギルドに加盟していれば誰でも参加できるからな。初心を忘れるべからずというだろう？」

我ながら良いことを言った気がする。

「フザけてんのか、テメェッ!?」

「なぜ……？」

激怒されてしまった。なぜだ？

「残念なコトに、そいつは大真面目に言ってるんだ。怒るだけ損だよ。自分が何で怒られてるのかもわかってないんだから」

「はぁ？」

俺と男の間に入ってきたのは、俺の相棒ともいえる女だ。

長身の部類だろう俺と男の間に入ってきても、小さいとは感じさせない程度には背が高い。

身の丈ほどある幅広の剣を背負ったこの女の名前はディアリナ・ジオール。

俺の探索者《シーカー》としての相棒だ。

「どういう意味だ、姉ちゃん？」

「どうもこうもないさ。うちの相棒はね。悪意に鈍感なんだ。アンタが何を言ったのかは知らないけどね。初心者講習を受け直せって発言はね、混じりっ気ナシの善意だよ。アンタの発言から、自分なりにあれこれ考えた結果、そういう親切をしようという結論になったんだろうさ」

「親切？」

「ああ、そうだ。親切なんだ。皮肉とか揚げ足取りとかじゃない。純粋に善意の親切心から、それを奨《すす》めたのさ」

ディアリナがそう説明すると、男は困ったように頭を掻《か》いて嘆息した。

「こんなのとコンビだなんて、大変そうだな」

「普段はそうだけどね。探索中は、こいつほど頼りになる奴はいないさ」

そう言い切って、ディアリナはウィンクを投げてくる。

「期待されすぎるのも困りモノだが――最低限は応えようとは思っている」

彼女の信頼に応えるようにそう告げると、男の方は難しい顔をした。

「考えてみりゃ、こっちからケンカ売って軽くあしらわれただけだわな。怒るってのも筋違いか」

男は何やら独りごち、それから顔をあげた。

どこか毒気の抜けた顔で、俺とディアリナを見る。

「オレはB級探索者《シーカー》のフレッド・スリーパル。非礼は詫《わ》びる。その上で、おまえらが良いなら、一緒に潜らせてはもらえないか？」

「俺は構わないんだが、人事などはディアリナに任せてるからな」

「フレッド。アンタの得物は」

「コイツだ」

そうして、フレッドが俺たちに見せてきたのは、非常に珍しい武器だった。

「弓矢か。矢の予備はちゃんとあるかい？」

「弓使いが矢の予備を忘れるなんて、剣士が剣を忘れるみたいなもんだろ？」

ディアリナの言葉に苦笑するフレッドを見て、俺は少しばかり謝罪が必要だと感じた。

何も知らない男ではない。

フレッドはこの不人気の弓矢という武器で、B級まで駆け上がってきた猛者だと理解した。

俺に噛《か》みついてきたのも、不人気な武器の使い手故に、不必要に嘲《あざけ》られたりしてきたことが要因の一つになっているのだろう。

「すまないなフレッド。俺はキミを侮っていたのかもしれない」

「な、なんだいきなり？」

「いや、謝るべきだと思ったので謝罪を口にしたのだが」

俺が小首を傾げると、フレッドは助けを求めるように、ディアリナへと視線を向ける。

その視線に、ディアリナは肩を竦《すく》めた。

「こういう奴なんだよ、サリトスは。何を考えてるかわかんないんだけど、こいつなりの思考を黙々として、その思考の結果だけを口にするんだ」

「なるほど。少しだけ理解できた」

ディアリナの言葉に、何とも苦い笑みを浮かべるフレッド。

俺はよくわからず、首を傾げるだけだ。

「とにかく、フレッド。こっちとしては遠距離攻撃できる奴は歓迎さ。アーツだけじゃどうしても限界ってやつがあるからね」

アーツだけじゃ限界がある——それは俺とディアリナの持論だ。

多くのアーティストたちはその事実から目を逸らしたいようだが。

「だからこそ、歓迎する、フレッド。願わくばこのアタックで良い関係を築けたらと思う」

俺が手を差し出すと、フレッドはその手を握って笑いながらうなずいた。

同類を見つけたような、久々に旧友と再会したかのような、そういう笑みだ。

「ああ、こちらこそよろしく頼む。噂《うわさ》の探索者《シーカー》コンビの実力——近くで見せてもらうぜ」

こうして、フレッドを加えた俺たち三人は、新しくできたダンジョンの入り口へと向かうのだった。


バーレイホップ大陸南部にある大国ペルエール王国。

そのペルエール王国の王都サンクトガーレンにほど近いマナルタ地方の丘陵地帯にそれは出現した。

それが、正体不明の新しいダンジョンだ。

基本的にダンジョンというのは突然発生する。

そして発生したものは、ダンジョン鑑定能力を持つものによって、危険度や報酬ランクなどが調べられる。

だが、この丘陵地帯のダンジョンは鑑定結果に、不明と出たそうだ。

その為《ため》、腕利きの探索者《シーカー》にギルドから依頼が出された。

正体不明のダンジョンに挑戦し、その危険度や報酬ランクなどを調べてきてほしいと。

だが、俺とディアリナ以外に引き受けようとする探索者《シーカー》はいなかった。

未鑑定ダンジョンが不人気――というよりも、事前の調査で何のおもしろ味もないダンジョンであることは公表されていた為だ。

道中で出会ったフレッドも依頼を受けたわけではなく、依頼を受けたというA級探索者《シーカー》を見てみたかったので、道中を張っていたそうだ。

「何でそんなコトをしたのさ？」

「弓の腕を売り込めればと思ってな」

「上々な成果ってわけだね」

「おうよ」

A級探索者《シーカー》と一緒に行動する弓使いがいれば、弓使いの地位向上に一役買うのでは――という下心があったのだという。

確かに弓はその有用性のわりに不遇だ。使い手のフレッドとしても地位向上を狙うのもわかる話だ。

さておき――俺たち一行は、丘陵地帯に現れた洞窟の前に到着だ。

入り口の前には王国兵の見張りが立っている。

まずは挨拶しておくべきだろう。

「すまない。先行挑戦《ファーストアタック》の依頼を受けた探索者《シーカー》なのだが」

「お待ちしておりました」

声を掛けると、王国兵はわざわざ敬礼をしてくれる。

「二人の予定だったが、一人増えたのだが、大丈夫か？」

「アタックチームの編制に関しては、依頼を受領した探索者《シーカー》の方に一任されております。それが万全だと、あなた方が判断なされたのであれば、特に問題はありません」

キビキビと動き、ハキハキと答える気持ちの良い兵士だ。

「そうか。中はどうなっている？　事前資料は何もないも同然だったので僅かでも情報が欲しいのだが」

俺が訊ねると、彼は少し困った顔をする。

「ハッキリ申し上げてしまいますと、何もわかっておりません」

「何も……？　基本的な洞窟型とか、森や草原を模した自然型だとか……そういうところもか？」

「はい」

王国兵が申し訳なさそうにうなずくのを見ながら、俺は後ろにいるディアリナとフレッドに視線を向けた。

二人とも、困ったように肩を竦める。

「言葉では納得されないかもしれません。この入り口付近だけなら案内が可能ですので、ご説明を兼ねて案内いたします」

「わかった。よろしく頼む」

王国兵の案内で洞窟の中へと入っていく。

見た目だけならオーソドックスな洞窟型のように思えるが――

「これ、普通の洞窟型に見えるんだけど」

「はい。ここだけはそうですね」

ディアリナの問いに王国兵が丁寧に答える。

だが、口にされた内容は、よくわからない。

「ここだけは……？」

入り口から延びる、さほど長くない廊下を抜けると、少し開けた場所にでる。

軽く見渡すと、扉が三つ。

「どの扉も見た目は簡素な木製ですが、オノで力任せに叩いても傷一つつきませんでした」

「もしかして、どれも開けられなかったのか？」

フレッドが問うと、王国兵は首を横に振る。

「ここから見て、右の扉以外は開きますよ。左側の部屋には空の宝箱が一つ、中央の部屋には何の反応もしない魔方陣があるだけですが……」

「無いのです。本当にそれだけのダンジョンなのです」

「ほかの部屋は？」

なるほど。わかっているのがそれしかなく、あの扉の向こうがどうなっているのかわからないからこそ、何もわかっていない――というわけか。

しかし、そうなると、何とかして右の扉を開けないと先に進めない気もするが――

「とりあえず、自分たちの目で部屋を見てみようよサリトス」

「そうだな」

王国兵を伴って、まずは中央の扉を開く。

あまり大きくない部屋の中央に、見慣れぬ魔方陣が描かれ薄《う》っすらと光っていた。

俺とディアリナはフレッドに部屋の入り口で待機するように頼んで、魔方陣に触れないように、左右に分かれて壁沿いに歩いていく。

「あの……魔方陣は何も起きないのですよ？」

不思議そうな顔をしている王国兵に、フレッドは苦笑する。

「多くの探索者《シーカー》たちはそう言うだろうけどな。慎重を期すというのであれば、これが正解なんだよ。魔方陣の起動条件がわからないんだ。調査した王国兵たちが条件を満たしてなかっただけで、俺たちの誰かが満たしている可能性がある。起動して取り返しのつかないコトになる前に、起動条件を調べるってのは大事なんだぜ」

「言いたいコトはわかるのですが……それは臆病が過ぎるのでは……？」

王国兵がそう口にすると、フレッドが笑った。

どうやらフレッドも、俺やディアリナと同類のようだ。

だからこそ、A級の俺と出会って話をしてみたいと、そう考えたのだろう。

「臆病者——結構じゃないか。生きて探索者《シーカー》を続けられるのなら、臆病者で構いやしないよ。あたしらのコトを臆病者と蔑み、貴族のように口うるさく、商人のように小狡《こずる》くのし上がってきたバカだと見下してきた連中の多くは、迷神の沼に沈んでいった。一方のあたしらは、それぞれに生き延び、報酬を受け取り、ランクも上がっていった。そんなあたしらが臆病者だって言うんなら、迷神の沼に片足つっこみながらしか歩けない阿呆《あほう》どもは何なんだって話だよ」

自分も、ディアリナも、フレッドも。

結局のところ、探索者《シーカー》としては、はぐれ者なのだ。

セオリーを無視し、武以外に重きを置き、誉れよりも生存を選ぶ。

それが俺たちだ。

なぜならば——

「ダンジョン探索者《シーカー》は、迷神の沼へと引きずり込まれて一人前——などというだろう？　だが、俺はそれならば半人前扱いで構わないと思っている。俺は死ぬ為にダンジョンに潜っているのではない。金も、財宝も、食料も、栄誉も、名声も、賞賛も……どれほどのものを得ようとも、迷神の沼の底では何の役にも立つまい。手に入れたそれらを使い潰せるのは、創主ゲルダ・ヌアが作り出した大地に足を着けているときだけなのだからな」

おまえたちもそうだろう？　と、ディアリナとフレッドに視線を向ければ二人はうなずく。

その様子をみていた王国兵の呆《ほう》けた顔が、なぜだか妙に印象的だった。

3　『サリトス：ダンジョンからのメッセージ』

魔方陣のある部屋は、ちょうど入り口から見て正面の壁に文字が彫られていた。

挑戦者の証《あかし》を持つ者よ
我が迷宮に挑む覚悟がある者よ
転移の輪の中に立ち『チャレンジ』と呪文を口にせよ

しかして心せよ
ここは始まり　終わりにあらず
終わりから始まりへ移ろうことは許されぬ

「アンタたち、これには？」

ディアリナの言葉に、王国兵はうなずく。

「はい、気づきました。ですが、何人もの兵が輪の中で呪文を唱えても、特に何も起きなかったのです」

「まぁそうだろうな」

「え？」

俺が呟《つぶや》くと、王国兵が目を瞬く。

挑戦者の証を持つ者よ――と、壁のメッセージは呼び掛けている。

それが何なのかはまだわからないが、それが起動の為の前提条件であることは疑いようがないだろう。

「ここが本当の意味での入り口かね」

「そうだね。あたしはそう思う」

「俺もだ」

フレッドの言葉に、ディアリナと俺がうなずく。

そして、壁からのメッセージの後半。

あれはここから入ることはできても、出ることはできないのだと示しているのだろう。

「もしかしたら、あの壁のメッセージを正しく理解できない者は、挑戦させない方が良いかもしれないな……」

入れば出れなくなるかもしれないダンジョンだ。

覚悟のない者が気軽に入れてしまうのは問題になる可能性もある。

「そうかもしれないけどさ、サリトス。まずは、入る方法を調べないと」

「そうだな。それを見つけねば杞憂《きゆう》にもならんか」

ディアリナの言葉にそう返してから俺は魔方陣の部屋から出た。ほかの面々も後についいて出てくる。

そうして、今度は左側の部屋へと向かう。

最初に言われたとおり、小さな部屋の真ん中に、大きな宝箱が鎮座しているだけの場所だった。

「部屋に入った時点では、この宝箱は口が開いており、中が空でした」

王国兵の言葉に了解をしめし、俺たちは宝箱に触れずに、部屋の中を見て回る。

すると、魔方陣の部屋と同じように、部屋の入り口から見て正面の壁にメッセージが彫られていた。

空虚を閉ざし、閉ざされし刻を見よ
満たされること、都度十度
求めし存在が姿を見せることだろう

くりかえす刻は四つ
重なり合うは、四つまで
さらなる刻を求めし時は
閉ざされし刻に空虚を与えよ

「兵士のあんちゃん、こいつは見たかい？」

「ええ」

フレッドに問われ、王国兵は首肯する。

「ですが、よくわからないので、ダンジョンマスターの落書きの類だろうと判断されましたが」

「その判断を下した奴は、王国のダンジョン管理の仕事をクビにするべきさね」

ディアリナの言うことはもっともだ。

おそらくこの文章の意味を読み解けば、空の箱の中に挑戦者の証とやらが出現するのだろう。

つまり、あの魔方陣型の入り口を開ける為の手段が書かれた文章なのだ。

それをよくわからないから気にしないというのは――ほとほと呆《あき》れる。

「ほとんどの探索者《シーカー》はそういう対応するだろうがな」

「そういう意味じゃ、サリトスの旦那や、ディアリナのお嬢と組めたのは幸運だぜ」

バカと組むのには飽きてきたところだ――というニュアンスを滲《にじ》ませて、フレッドが笑う。

その笑みを横目に、俺は宝箱に触れた。

そのとき、鍵穴の上の部分――蓋側に、奇妙なものがあるのに気づく。

太い緑色の一本のラインと、その横には丸い緑色の小さな灯《あか》りが四つ。

（四つ、か……）

先ほどの詩文にもそういう表現があった。

俺は手でディアリナとフレッドに下がるよう示し、ゆっくりと蓋を開けていく。

もちろん、何かあったら可能な限り被害を抑えられるよう警戒しながらだ。

そうして蓋を開け切ると、中には奇妙な形の腕輪が四つ入っていた。

(これも四つか)

ふと思い、一つだけ手に取って蓋を閉じた。

すると、四つあった緑の灯りの一つが赤になっている。

さらには、緑色のラインは青く変わっており、よく見れば左から徐々に緑に変化していっていた。

そのラインも、よくよく見てみれば縦に線が入り格子状になっている。

(時間とともに色が変わる十の区切り――そういうコトか)

言葉と仕掛けの意味を理解した俺は、今度は箱の蓋を僅かに開けた。

しばらくそれで様子をみていたが、ラインの色が変わるのは止まってしまっている。

つまりは完全に閉まっているときにのみ、色が変化していくわけだ。

俺はそれを確認すると、箱の中から残り三つの腕輪も取り出す。

やはり、箱の灯りはすべて赤になっている。

まぁこれを口にするのは後でも良いな。

この王国兵は悪い男ではなさそうだが、それ以外の者まではどうかわからない。

俺は箱から離れると、ディアリナとフレッドに腕輪を手渡す。

最後の一つは王国兵に、だ。

「あの、自分ももらっていいのですか？」

「おまえに渡すというよりも——それは、報告に使ってほしい」

「報告？」

戸惑う王国兵にうなずき、俺は説明を口にする。

「この腕輪が挑戦者の証だ。故に、これから俺たちはファーストアタックを開始する。だが、あの魔方陣型の入り口は、一方通行のようなのだ。出口としては使えない。その為、無事に生き延びることができても、いつ帰ってこれるかの見当がつかない」

「ならば自分は——」

「手紙を書く。国王陛下と探索者《シーカー》ギルドのマスター宛にな。腕輪は誰にも見せずに、手紙とともに国王陛下へとお届けしろ。ギルドマスターにも、腕輪のコトは口にするな」

宝箱の仕掛けに気づかれて、考えナシの探索者《シーカー》や兵士たちが大量に挑戦しては、全員が迷神の沼に沈みそうだからな——保険は掛けておくべきだろう。

「可能ならば、俺たちが戻ってくるまでは、ほかの挑戦者をアタックさせないでほしいぐらいだ」

だが、やりすぎれば同業者からやっかみを受けかねない。

未識別ダンジョンの挑戦者募集を無視してるくせに、鑑定の為にファーストアタックした探索者《シーカー》の判断で、安全に配慮してダンジョンを閉鎖すれば、独り占めしてるだの何だのと文句を言ってくる奴らばかりだからな。

「自業自得のバカは、迷神の沼に沈んでも変わらないのかもしれないが……」

嘆息しながらも、俺たちは宝部屋を出た。

すると、なぜかホールの真ん中にテーブルと椅子が出てきている。

「これは……？」

「なんか丁寧に紙とペンが置いてあるんだけど……」

「木札や獣皮紙じゃないな……ダンジョン紙か。紙束なら結構良い値が付くんだがな」

俺たちが訝しみながら、テーブルを見ていると、紙やペンと一緒にメッセージが置いてあった。

挑戦を望む者への試練　突破　おめでとう
自力で挑戦者の証を得ることができぬ者は
我がダンジョンを突破できぬであろう
おまえたちも、努々《ゆめゆめ》油断めさるな

このペンと紙はささやかな報奨である
受け取り、利用すると良いだろう

いつかおまえたちが我が元へたどり着くこと
楽しみに待っている

「ダンジョンマスターからか。味なマネを」

自分でも口元が小さな笑みになっているのがわかる。

「はは、おもしろそうなダンジョンじゃないか。こういう謎掛けや仕掛け——色々期待したくなるね」

「まったくだ。魔物の群れを倒して進んでくだけのダンジョンに、飽きてきた頃だしな」

ダンジョンは創造主からの試練であり慈悲だという伝説がある。

嘘《うそ》か実か——そんなこと、どうでも良いと思っていたのだが、この瞬間はそれを信じても良いと思った。

「ダンジョンの内容次第では、探索者《シーカー》の在り様に変化が現れるかもしれないな」

「良い変化になりゃいいけどね」

「それもまぁ、オレらが探索して、無事帰ってきたらの話だろ？」

ディアリナとフレッドも笑っている。

いや、これが笑わずにいられるか。

俺は笑みをこぼしながら、ダンジョンマスターから与えられた紙にペンを走らせる。

それらを丁寧に折り畳み、一緒に置いてあった封筒に入れた。

王国兵に封筒の中身は見ないようにと念押しし、俺は二人へと向き直る。

「では行こう、ディアリナ、フレッド。ダンジョン探索に胸が高鳴るというのも久々だ」

4　手強い好敵手は大歓迎さッ！

おおおおおおッ！

いいねッ！　いいねッ！　いいねッ！

最高だよ、あの三人組‼

俺は管理室でモニタリングしながら、テンションを上げていく。

「もう、あいつらッ！　神と崇《あが》めてもいいッ‼」

「崇めないでください。この世界の神は主、ただ一人です」

ミツが横で何やらブツブツ言っているが、実際に崇めるわけもなく、ただの気分の問題なので、気にしないでほしいところだ。

「それはそれとして——紙にペンに、椅子とテーブル……。いきなり提供するほど、気に入られたのですか？」

「そりゃそうだろ。だって、王国調査隊の兵士たちのがっかり具合を見た後なんだよ？　俺が見たかった、俺がイメージした探索者ってまさにあの三人組じゃないかッ！」

興奮気味にそうまくし立てると、ミツも確かにとうなずいた。

「ああいった方々は、死後ダンジョンマスターとして登用させていただいているのですけれど」

「なんだよ、あの手の連中がダンジョンマスターやってもどうにもならないのか、この世界……」

それはまぁ確かに、異世界人に頼りたくなるか。

「しかしなぁ、調査隊みたいな方が一般的な思考で、あいつらが異端って、とんでもないな……」

あいつらの慎重さは正しい。

扉を開けたら、中から矢が放たれたり、魔方陣に乗った瞬間黒こげになったりする可能性が往々にしてある。

少なくとも俺の知識における、この手のシチュエーションの迷宮探索ってのはそういうもんだ。

だから斥候系スキルを持った奴が先行し、罠《わな》の看破や索敵を行う。

そうして安全を確保してから、戦闘職の面々が斥候が安全確認済みの道を進んでいく。

なのに、調査隊の様子や、三人組を案内して回っている王国兵のリアクションを見る限り、この世界ではそれは当たり前ではないらしい。

「そういやミツ……『迷神の沼に沈む』って言葉があったけど、あれって死ぬって解釈していいんだよな？」

「ええ、そう思っていただいて構いません。創主神話において、迷神ミノス・ワイムの住まう沼の底には、死者の国があるといわれていますからね」

「なるほど」

俺は納得してうなずく。

この世界には、創主神話と呼ばれる物語が信じられており、それにちなんだ言い回しなどが多数あるようなのだ。

完全な余談だけど――

最初、この世界の人間が、創主ゲルダ・ヌアと呼ばれる神を中心とした創主神話というものを信じていると聞いたとき、首を傾げたことがある。

ミツの上司である創造主とはまったく異なる雰囲気だったからだ。

それに、創造主が存在してるのに、実在してない神を信じるのはありなのか――と。

ただそんなこと、ミツから言わせれば、地球も含めたほとんどの世界がそういうものなんだそうである。

地球にも、地球人が認識できていない管理神がいるそうだ。

だけど、だれもがそんな神を知らないから、イザナギやらゼウスやらの神話を作り上げている。

この世界も、それと同じだと、ミツは言う。

そう言われてしまうと、納得せざるをえない。

ついでにミツは、そういう理由で認識してない現地人が架空の神を崇めることは気にしないが、

事実を知ったものがそれ以外を神と崇めることには納得できないそうだ。

このあたり、ちょっと堅物だと思う。

元々神に近い場所にいるミツはともかく、人間からしてみれば、神は遠い存在だ。実在しようが

実在しまいが、神は神でしかない。

その世界、その国、その土地で、あるいは個人各々が、それぞれが信じるように、信じるままに、取り扱うだけである。

さて、余談はこの辺にして――


「そろそろ、三人組が本格的に挑戦するみたいだ」

「初の挑戦者ですね……仕掛けがどう作用するか楽しみです」

サリトスたちが『チャレンジ』と口にして、転移する。

入り口の転移陣によって飛ぶ先は、小さなログハウス仕立ての小屋の中だ。

三人はきょろきょろしていたが、やがて小屋の中には扉と魔方陣以外は何もないと気づいたのだろう。唯一の扉の方へと三人は歩いていく。

その扉には最後の警告を書いたプレートを下げておいた。

その内容は――

この扉　外から開けることはかなわず
扉を開ける前であれば、まだ帰路は残る
魔方陣に立ち『リターン』と唱えよ

それを見た三人は、肩を竦めてみせる。

そして三人の会話をダンジョンに設定してあるマイクが拾う。

「此度《こたび》のダンジョンマスターはずいぶんと過保護のようだ」

「まぁここまで来て扉を開けないってことは選択肢はないだろうさ」

「行こうぜ二人とも」

三人はためらうことなく、扉を開けて廊下に出た。

窓も何もないログハウス風の廊下を彼らが少し歩くと、最後の扉が姿を見せる。

そこにも、俺はメッセージを用意しておいた。

ようこそ、『変遷螺旋領域　機巧迷宮ラヴュリントス』へ
このダンジョンは、力や体力だけでなく、
確かな技能と、豊かな知性、
したたかな運のすべてを持ちうる挑戦者を歓迎する
勇気の剣を携え、覚悟の盾を構えた挑戦者たちよ
幾度となくここに挑み、いずれ我が元へと至るがいい
さぁ、気持ちが定まったのなら扉を開けたまえ
その時より、本番のはじまりだ

「ここのダンジョンマスターは煽《あお》るのが上手《うま》いね」

ディアリナが笑うと、フレッドも横でうなずいている。

「確かな技能に豊かな知性、したたかな運――なるほど、入り口で何度も篩《ふる》いにかけてくるわけだ。普通の探索者《シーカー》があまり持ってねぇもんな」

笑う二人の横で、サリトスが静かに剣を抜くと、それを掲げた。


「ラヴュリントスのマスターよ！

堂々たる誇り高きマスターよ！

聞こえているかわからぬが、敢《あ》えてここで宣誓しようッ！

ほかの探索者《シーカー》はわからぬ。だがッ、我ら三人はいずれ其方《そなた》の元へとたどり着くッ！

首を洗って待っていろ、などという無礼は口にせんッ！

しかと待ちかまえていろッ！

其方を落胆させぬこと、ここに誓うッ！」

狭い廊下でよく吼《ほ》える――そんなことを思ったが、俺は自分の口元が緩んでいるのを自覚する。

ああ、聞こえている――聞こえているともさッ！

サリトスの掲げた剣に併せて、ディアリナが拳を掲げた。

「あたしも誓うよダンジョンマスター。アンタはこれまでのダンジョンマスターとはちょっと違いそうだ。あたしらが楽しませてやるから、あたしらを楽しませてくれよッ！」

二人の横で、フレッドが一緒でいいのか？　と二人に問いかける。

ここまで来たら一蓮托生《いちれんたくしょう》だと告げる二人に、彼も良い笑顔を浮かべて、拳を掲げた。

「オレも誓わせてもらう。どんな仕掛けも力任せ数任せってのに飽き飽きしてたところだ。ここのダンジョンマスターもそうなんだろ？　そうじゃねぇモンを見せてやるから、それで攻略できるようなトラップは勘弁なッ！」

いいね、いいね！　こういう気持ちの良い挑戦者なら大歓迎だッ！

俺はモニターの前で嬉しさのあまりジタバタ動きながら、ミツに訊ねた。

「あいつらってさ、別にダンマス側の事情なんて知りようがないんだろ？」

「そのハズですが……アユム様のメッセージを見て、何か思うコトがあったのでしょう」

「そうかそうか」

ミツの言葉に、ニヤニヤとうなずく。それから彼女に、少しの間黙ってるように告げて、俺は手元のマイクのスイッチをオンにする。

それから、可能な限り低く威厳を持った声を意識して告げた。

「しかと聞き届けた。汝《なんじ》らの健闘を祈る」

瞬間、三人は顔を見合わせて、とてつもなく嬉しそうで、とてつもなく獰猛《どうもう》な笑みを浮かべてみせる。きっと、俺も同じ顔をしていることだろう。

王国の調査隊が来たときはどうなることかと思ったけれど、こいつらが定期的に挑戦してくれるのなら、やる気がでるってもんだ。

そうして、三人は扉を開ける。

目の前に広がるのは、木漏れ日が優しく降り注ぐ緑に満ちた森林だ。

三人が扉をくぐって森に出ると、その背後に在った扉はゆっくりと透明になって消えていく。

そこに残るのは、看板が一つだけ。

その看板に触れながら、サリトスが読み上げる。

第一層　フロア1
いずれ数多《あまた》の足跡に踏み固められし、緑の道

サリトスがそれを口にし終わると、気を引き締める。

もちろん、ディアリナとフレッドもだ。

「いくぞ二人とも。あんな宣誓をしたそばから倒れるワケにはいかないからな」

そう告げるサリトスに、ディアリナとフレッドは力強くうなずいた。

これが——今後、長い付き合いになる探索チームと俺との最初のやりとりだった。

5 『ディアリナ：ダンジョン探索の始まり』

あたしはディアリナ。

今、あたしは相棒のサリトスと、道中で一緒になったフレッドと共に新たなるダンジョンの探索を開始したところさ。

ダンジョン鑑定と呼ばれる特殊なルーマを用いても、詳細不明とされた新たなる未識別ダンジョン。

そこは今までの常識で考えると、あり得ないほど不思議なダンジョンだった。

入り口にあたるエントランスの時点で、挑戦者を篩《ふる》いにかけてくる。

だけど、突破してきた挑戦者にはまるで敬意を持つかのような、メッセージがそこかしこに仕掛けられていたからね。

それを煩わしいとは感じない。

ダンジョンの名称は、『変遷螺旋領域　機巧迷宮ラヴュリントス』。

大仰な名前だとは思う。だけどダンジョンマスターも含めて、その大仰さに相応《ふさわ》しいような気がしてるんだ。

まだ、攻略もロクにしてない状況でそういうのもおかしいとは思うんだけどさ。

けど、攻略開始前の誓いに返答してきたダンジョンマスターの声。

あれは間違いなく、仕掛けを解かれるのを楽しんでる雰囲気だった。

ダンジョンも、マスターも今までとはまるで違う。

今までの常識が通用しないかもしれない。

——そんな状況が、むしろ、あたしは楽しくて仕方がなかった。

「奇妙な森だな」

「そうだねぇ」

サリトスの呟きに、あたしがうなずく。

雰囲気が奇妙というわけではない。

むしろ、雰囲気は穏やかで、陽光が木漏れ日となって降り注ぎ、木陰が程良く光を遮る。ダンジョンの中だということを忘れれば、昼寝したくなるほどの良い環境。

そんな森をサリトスやあたしが奇妙と感じるのは、その不自然な空間のせいだ。

あたしらがいる場所は、四角く整った空間になっている。

さらには、ここから延びる道も、まるで順路はこちらだというように、木々や茂みの間に小道があるんだ。

素直に道を通ればいいのか、それともいきなり罠なのか悩んでいると、すでに調べていたらしいフレッドが頭を掻きながら戻ってきた。

「あー……こりゃ、素直に開けてる場所を通った方がいいな。茂みの中には行けなくもないが、鬱《うっ》蒼《そう》として視界も悪い。ロクに光も差してない。このダンジョンと、ダンジョンマスターの感じから思えば、探索者《シーカー》が通ることを想定していないんだろう。どうしても、飛び込まないといけないとき以外は、オススメしないぜ」

フレッドの報告に、サリトスは小さくうなずくと、この空間に唯一の細道を示した。

「ならば、まずはあそこを進むとしよう。今後はこのような空間を部屋、あのような細道を廊下と呼称しよう」

パーティ内での統一呼称があれば意志疎通がしやすい。

あたしもフレッドも、それに異を唱える気はなかったので、首肯した。

どういう意図でそういう呼称になったのかは――まぁサリトスだから、気にするだけ無駄だろうしね。

それに、あたしも似たようなことを考えてたから、問題ない。

「部屋や廊下と呼ぶのは問題ないが、気をつけてくれよ旦那。それを囲っているのは壁じゃなくて木々と草花だ。茂みの中からモンスターが飛び出してくる可能性は、常に意識してくれ」

「心得ているつもりだ」

そうして、あたしたちは歩き出す。

途中で直角に右へ曲がった廊下を抜けると、再び森の部屋が姿を見せる。

部屋の中には、歩いてきた廊下を除外しても、三つの廊下が存在していた。

「ははは っ!　ダンジョンらしくなってきたじゃないかッ!」

笑いながら、あたしは荷物の中から、大きめの木札と特注のペンを取り出した。

ダンジョン産の薄っぺらい紙――ダンジョン紙はかさばらなくていいんだが、ペラペラしてて安定感がないし、水にも弱い。

こういう場所で書き物をして、ちゃんと持って帰るなら、木札の方が便利だ。

もっとも、普通のペンとインクだとやっぱり水に弱いんで、あたしはペン先が刃物にもなってる特殊なやつを使っている。

これで通常よりも深めに削りつつインクを流すんだ。

もちろん、水でインクが流れちまうこともあるけど、それでも深めに削ってあるから、インクが流れちまっても跡に残った部分から復元しやすい。

「嬢ちゃん、それで何をするんだい？」

「地図を描くのさ」

フレッドの問いに、あたしは返す。

どういう反応をするのかと身構えていると、フレッドは小さくうなずいた。

「そいつはいい。ならオレはそこの廊下の様子でもみてくるさ。サリトスの旦那は、執筆中の嬢ちゃんのお守りを頼むぜ」

「むろん、いつもしているコトだ」

淡々とサリトスが答えると、フレッドは嬉しそうにうなずく。

フレッドはそのまま軽やかな足取りで手近な廊下へと向かっていった。

「理解者がいるってのは嬉しいね」

「ああ」

あたしとサリトスは、上級探索者《シーカー》なんて言われてはいるが、現場じゃ慎重すぎて、臆病者だと罵られることが多い。

フレッドのような斥候の重要性も、あたしがよくやるマッピングの重要性も、サリトスのように宝箱や扉を開ける上での安全確認の重要性も、ほかの探索者《シーカー》たちの目にはおもしろく映らないらしい。

先駆けて斥候をすれば抜け駆けだと怒られる。

マッピングしてれば、覚えておけばいいのにわざわざ描くなんて時間の無駄と笑われる。

慎重に慎重を重ねると臆病者。

それでも自分たちのやり方を曲げずにいたら上級ランクに到達。だけど気づけばあたしとサリトスの二人は、探索者《シーカー》としては孤立してたわけだ。

きっと、フレッドも同じだろう。

そこまで考えて――あたしは唐突に理解した。

ああ――そうか。わかった。

あたしがこのダンジョンを楽しいと……ワクワクすると思う理由が。

認めてくれてるんだ。あたしたちのやり方を。

ほかの誰でもない。ダンジョンマスターが。ダンジョンそのものが。

「ただいまっと」

「ああ、おかえり。どうだ？」

戻ってきたフレッドにサリトスが成果を訊ねる。

フレッドは下顎の無精ひげを撫でながら、答えた。

「まだ右側の廊下を軽く進んでみただけだが……。基本的に、部屋と部屋を廊下が結んでる――って構造で広がってるようだ。廊下も廊下でまっすぐってワケじゃなくて、途中で曲がったりとかしてたしな。おそらくまだ確認できてないだけで、二手や三手に分かれてるような廊下もあるだろうさ」

「モンスターは？」

「今のところ、ジェルラビっぽいのが数匹いたくらいか。遠巻きに見たいだけだから、オレたちの知るジェルラビと同種かどうかはわからんが」

ジェルラビっていうのは、青くてぷにぷにしたまん丸い半透明のゼリーみたいなボディに、ウサギ顔のかわいい奴だ。ウサギの耳っぽい触角と尻尾もついている。

主に体当たりと、大口を開けて噛みついてくるモンスターだけど、モンスターランクとしては最底辺。

倒そうと思えば、子供でも倒せる。

「何にしろ進んでみるしかない、というコトか。ディアリナ」

「あいよ。地図を描きながら歩く準備はできてるよ」

「よし。ならば、フレッドが様子をみてきてくれた廊下から先へ進もう」

そうしてあたしたちは未知のダンジョンを歩き始める。

慎重で、臆病で、じっくりと時間をかけて進むから待たせちまうだろうけどさ――絶対、アンタのところにたどり着くから、待っててくれよ、ダンジョンマスターッ！

6　甘やかしすぎもよくないよ

「アユム様？　何なんですか、あの看板」

「え？　なんかこう、そのフロアのスタート地点ぽくていいかなって」

「いや、そこではなくてですね……そのあとに、書かれてた――タイトル？みたいなもののコトなのですが」

首を傾げるミツに、俺も首を傾げ返した。

「ああいうのってカッコ良くない？」

「まぁ敢えて何も言いませんけれども」

カッコいいと思うんだけどなー。

巨大な樹《き》を巡るダンジョンRPGのアレ、カッコ良くて好きなんだけど……。

どうにもミツには不評のようだ。

何はともあれ、サリトスたちの様子は……っと。

ずいぶんと慎重に進んでるけど、まぁ向こうからすれば未知の森型ダンジョンだ。

このくらい慎重にはなるか。

しかし、斥候にマッピング――ちゃんとしてるってだけでポイント高いぜ！

もっとも、明日以降にまたこのフロアに来るときには、その地図役に立たなくなってるけどな！

とはいえ完全に役立たずにならないような設定にはしてあったりする。

ふふふ、そのときどういう反応をするのか——楽しみにさせてもらうぜ。

「よろしいのですか、アユム様？」

「なにが？」

ダンジョン探索を始めたサリトスたちをモニタリングしていると、ミツがそんなことを聞いてきた。

聞いてきたんだけど、質問の意味がよくわからなくて、俺は首を傾げる。

「第一層のフロア1と2は、定期的に形が変わるローグエリアというものにしたのですよね？」

「そうだね」

「あの探索者《シーカー》たちを気に入られたのですから、マッピングはあまり意味がないとか——そういうアドバイスとかしないのかな、と」

「する必要ないよね？」

「え？」

むしろ、なんでその必要があるのかがわからない。

「でも、女神の腕輪にもマップ機能が……」

「その機能はフロア2をクリアすれば、チュートリアルが発生するようになってるよ。今する必要はないよね？」

どうにも、俺とミツで何かに対する認識が異なっている気がする。

あるいはまだ俺の知らないこの世界のルールのようなものがあるのだろうか。

そこで、ふと思いついたことがあったので、ミツに訊ねてみる。

「もしかして、これまでのダンジョンマスターって贔屓《ひいき》の探索者《シーカー》に、なんかしてた？」

「はい。贔屓された探索者《シーカー》は、おもしろいくらい探索がうまく進むので、『追い風の祝福』と称されてます」

贔屓した探索者《シーカー》に、こっそりとアドバイスしたり、トラップを発動させなかったり——などやっているらしい。

「ふむ。ミツは——サリトスたちが『追い風』だけでのし上がってきた連中に見えるのか？」

まっすぐにミツを見据えながら問いかける。

こうやってまじまじ見ると、ミツはマジ美少女だ。

いやまぁ、今はそういうことをする場合じゃないので、ちゃんとシリアスな顔はしておこう。

「もしミツがそういう風に思っているのだとしたら、それはあいつらに対する侮辱だぞ？」

サリトスたちの行動。言動。その他諸々《もろもろ》。

それは経験に裏付けされた確かなもの。

この部屋でモニタリングしているだけでも、それをハッキリと感じ取れるような連中だ。『追い風』なんてなくても、ダンジョン攻略くらいやってのける。

まだ彼らをモニターし始めて一日も経ってない。

だけど、俺の中には、あいつらに対する確かな信頼のようなものが芽生えてる。

「侮辱だなんて――むしろ逆です。彼らのような探索者《シーカー》がこの世界には必要です。だからこそ生き延びてほしいのですから」

「ああ――それで、『追い風』か」

「はい」

なるほど、理解した。

ミツや、ほかのダンジョンマスターが彼らを贔屓する理由もわかる。

だけどそれは――

「過保護すぎるのも虐待だぞ」

「え？」

思わず呟いた言葉に、ミツはキョトンとした顔で目を瞬いた。

「あいつらみたいな探索者《シーカー》を護《まも》りたいのはわかる。だけど、露骨に贔屓して護るのは違うって言ってるんだ」

最初の数回や、数時代に何度か――くらいなら問題なかっただろうけど、ミツの言い方だと、ほとんどのダンジョンマスターが贔屓をしていたことになる。

「もしかしたら……一般の探索者《シーカー》の中には、『追い風』前提の攻略方法とかもあったりするんじゃないのか？」

「そうですね。探索者《シーカー》たちの中には、『追い風』を得るコトを期待してる者は少なからずいます」

「それはそれでアホらしい」

『追い風の祝福』なんて言えば聞こえはいいけど、つまるところそれはダンジョンマスターの気まぐれだ。

探索者《シーカー》全員が得られるものでもないし、得るには運も実力も関係ない。

「そんなものに期待してる時点で、俺から言わせれば三流以下だ」

「そうすると、ほとんどの探索者《シーカー》が三流以下になるかもしれませんが……」

「だから、鍛え直して意識改革するんだろ？　今までどおりのやり方でダメだったから、俺を呼んだんだろ？　なら、人間たちだけじゃなくて、鍛える側のミツたちの意識も変えていかないとダメだ」

あまり表情は変わってないけど、ミツはショックを受けたように固まっている。でも、そんなに驚くことじゃないだろう。

「話を聞く限り、ミツたち御使いや創造主は、試練を与えている様で甘やかしてるっぽいしな」

ダンジョンの存在が悪いんじゃない。

人間がダンジョンに頼るのも悪くない。

だけど現状を聞く限り、この世界の人間はダンジョンを通して、おまえたち御使いや、創造主に甘え——いや依存してるように思える。

それは、ダンジョンに依存しているよりもずっと不健全だ。

「だから俺はその依存心を断ち切れるようなダンジョンにできればいいなと思ってる。その為にはもっとこの世界のコトを知る必要があるからな。俺にできないコト、知らないコトがあったときは、頼らせてもらうからな、ミツ」

「はい！」

良い返事をするミツにうなずきながら、俺はモニターへと視線を戻す。

……戻しながら、思う。

こんな偉そうなことを口にしてはいるものの、実際のところはどうなんだろうなー……なんて考えているとか、口が裂けても言えない――……。

まぁでも、『追い風の祝福』って単語は気に入ったので、今後どこかで使おう。

さてさて。

俺とミツのやりとりはともかく、サリトスたちの様子は、と――

気を緩めず、余裕を保ち探索をしているように見える。

どうやら順調のようだ。

フロア１には、大したモンスターは配置してないしな。

基本的にこのフロアに出てくるのは三種類。

それをちょっとだけ紹介しよう。

まずは『ジェルラビ』っていう、ウサギ顔のまん丸スライム。

耳っぽい触手と、尻尾っぽいまん丸触手（？）も付いてる。なかなかかわいい感じの奴だ。

見た目もスペックも、いかにもRPGの初戦闘で遭遇するやつっぽいので、採用。

単体コストは3DP。


続いて『山賊ゴブリン』。

ゴブリンの中にはスモールゴブリンという種族がいる。

普通のゴブリンの平均身長は百五十センチメートルほどらしいんだけど、それよりも小さいサイズで、百三十センチメートルほどの種族なのだそうだ。

山賊ゴブリンは、そのスモールゴブリンという小型のゴブリンをベースに、毛皮製のノースリーブベストと麻のズボンを身につけさせ、棍棒《こんぼう》を装備させた。さらに頭部がモヒカンになっているというこのダンジョンのオリジナルモンスターだ。

見た目アレンジとかシステム的に可能だったのでやってみた。

なおベースとなっているスモールゴブリンそのものが、ジェルラビと同ランクのモンスターなので、その強さはお察しである。

ただ、特定状況下でのみ発動する気配遮断のルーマを取得させているので、油断していると危険なやつだ。

基本的な単体コストは4DPだけど、アレンジしてるので追加で4DP必要だった。

最後に『コカヒナス』。

薄黄色のふわふわな体毛のひよこに、足のないカナヘビみたいな尻尾を伸ばしたモンスター。こいつの最終進化系はいわゆるコカトリスってやつらしい。これはその幼体なんだそうだ。

メインボディのヒナ部分はふわもこでかわいいし、尻尾の蛇も愛嬌《あいきょう》があってなかなかかわいい。

これでサイズが一抱えほどという大きさでなければ、なおかわいかったかもしれない。

なお、今の段階だと石化ブレスも、猛毒攻撃もまったく使えないので、つつく、嚙む、蹴る――くらいしかできないそうだ。

攻撃手段だけでなく単純なスペックも低いが、この三匹の中では強さが頭……いや尻尾少し分くらいは飛び出している。

ポップ率は高めにしてあるけど、スペックが高いので出現時には高確率で居眠りしているようにしておいた。何も考えないでいると、黄色い巨大な毛玉が転がっているようにしか見えないだろう。

ちなみにこいつの単体コストは5DPだ。

まぁどいつもこいつも、いかにもな序盤モンスターで、低コストな奴らである。

――そして、当たり前だが、サリトスたちはこの程度のモンスターに遅れを取るような奴らじゃない。

モンスターを見かけたら、まずフレッドが先制して一撃で撃ち抜く。

時々、山賊ゴブリンが茂みの陰などから飛び出して強襲するが、慌てることもなく、サリトスとディアリナが斬り伏せる。

弱くて拍子抜けしてるかもしれないけど、まぁ——これからこれから。

前世のゲーマーとしての知識をふんだんに利用した……この世界においては、このダンジョン独自のアイテムや仕掛けの数々で、楽しませてやるからなッ！

7　『フレッド：預ける背中、預かる背中』

ラヴュリントスの第一層フロア1。

まぁダンジョン探索としては序盤も序盤だ。

ダンジョンによっちゃ、この時点でアホみたいに手強いモンスターがわんさかいることもあるが、ここはまるで初心者向けだ。

ジェルラビもスモールゴブリンの亜種も、オレたちからすれば雑魚も同然だしな。

黄色い毛玉に蛇が生えたようなモンスターもちょいちょい見かけるが、基本的に寝ているようなんで、オレたちは起こさぬように立ち回っている。

経験則だが、蛇の姿をしていたり、身体の一部が蛇のようになってるモンスターにロクな奴はいない。

起こさなければ襲ってこないなら、こっちはスルーさせてもらうだけだ。

――と。

先頭を歩いてたオレは、軽く手を挙げて後ろの二人に合図する。

廊下から部屋の中を見れば、ジェルラビとスモールゴブリンが数匹たむろっていた。

まとめてやりあうのも面倒なので、オレは矢を番《つが》えて、数発射《い》る。

全弾命中っと。

息絶えたモンスターは、黒いモヤとなって霧散していく。

ダンジョンの外に生きるモンスターはともかく、ダンジョンで生まれたモンスターは基本的に死ぬとすぐ消えちまうのは、ここも同じようだ。

軽く息を吐いて、背後の二人に進もうと手で合図する。

背後の二人がうなずくのを気配で感じながら、オレは歩き始めた。

直後——

「ヒャ——ッハ——ッ!!」

茂みの中から奇声をあげるスモールゴブリンが飛び出してきて、オレの背中へ躍り掛かってくる。

ビビるはビビるが、オレは特に慌てないし、サリトスもディアリナも落ち着いたものだ。

スモールゴブリンの手にする太めの棍棒がオレの背中に届く前に、サリトスの剣が閃《ひらめ》く。

上下に断たれたスモールゴブリンは地面へと落ちて、黒いモヤとなり散っていった。

「毎度悪いな、二人とも。どうもこのスモールゴブリンの亜種は、茂みの中にいるとき、気配がまったく感じられないみてぇだ」

強さとしては大したことがなくとも、あの手の棒で背中を強打されれば危ないのは間違いない。

幸いにして、飛び出してくるときに奇声をあげるおかげで、助かっているが、殺し屋の類だったらと思うとゾっとするぜ。

「気にするな。その背を護るくらいはさせてくれ」

「そうそう。フレッドのおかげでラクさせてもらってるしね」

「そうか？　まぁ必要以上に背後を気にしなくていいのは、オレもラクだけどな」

即席パーティとかだと、先行して斥候したり、事前にモンスターを射《う》って弱らせておいたり――とか、あまりさせてもらえないしな。

獲物や手柄を横取りするなと来るもんだ。

だけど、こいつらは絶対にそんなことはしない。

短い付き合いだが、そう思う。

ダンジョンでの足の引っ張り合いがどれだけ危険か、ちゃんと理解できてる奴らだ。

冷静に一つ一つを考えていけば、当たり前だと思うような話なんだが、案外これを理解できてない奴は多い。

ダンジョンにおいて、迷神の沼に沈むのは栄誉あることだといわれている。

まぁオレも探索者《シーカー》だ。言いたいことはわからなくもねぇ。

だけどそれは、最奥の化け物と刺し違える――だとか、大切な仲間を逃がす為の囮《おとり》になって……だとか、そういう美談じみたものとセットじゃなきゃならねぇもんだと思うんだ。

まかり間違っても、足の引っ張り合いのあげくに沼に沈んだことを栄誉だなんて言っちゃいけねぇだろ。

――だというのに、探索者《シーカー》たちの中には、ダンジョンで死ぬことそのものを名誉に思ってる奴が多い。

しかも死因を気にしない。死にたがりなら余所《よそ》でやれとは思うが、別に連中も死にたがってるわけじゃない。

その矛盾したような考え方が、どうにもモヤモヤしてて仕方がなかった。

おっと、話が逸れた。

要するに——こいつらは、背中を預かる、背中を預ける……その意味を理解してるから信頼できるって話だ。

「このフロアで行ってないのは、あの廊下の先だけだね」

あたしが間違ってなければ——なんて小声で付け加えちゃいるが、オレもサリトスもほかに道があったとは思ってないんで、間違ってはいないんだろう。

「それじゃあ、ちょいと様子をみてくるぜ」

オレは軽い調子でそう告げて、廊下の方へと歩く。

口調と同じくらい軽い足取りで歩いていたのだが——

唐突に何か堅いものを踏んだ。

石か——なんて思って、足下をみると、草の隙間に巧妙に隠された何かがある。

二人と一緒にいるのが楽しかったからだろう、オレはどこか、油断しているところがあったらしい……。

ダラダラと冷や汗が流れ始めるが、状況を把握する為にその踏んでいるものの様子を観察する。

草に紛れやすい色合いの出っ張りで、その足をゆっくりとズラしていくと、緑色の宝石みたいなものがついていた。

だが、その緑色の宝石は、じょじょに色を赤へと変えていく。

いや、オレがゆっくりだと感じてるだけで、実際に流れている時間はもっと短かったかもしれない。

これはなんだ？

どうするべきか？

逡巡《しゅんじゅん》の答えがでるよりも早く――


ビィィィィィィィィ！　ビィィィィィィィィ‼


完全に赤くなった宝石から、けたたましい音が響きわたった。

部屋だけでなく、フロア全体に響きわたるような音だ。

「フレッド⁉」

「悪いッ、なんか踏んだッ！」

この音に、何の意味があるかはわからない。

「どうする、サリトス？」

「周囲の警戒だ。何が起こるかわからないからな」

やかましくて耳が痛くなる音だったが、音が止まったら止まったで、静寂で耳が痛い。

「警戒したまま先に進むぞ。現状脱出手段がない以上、何かあっても逃げる先は次のフロアだ」

サリトスの言葉に、オレとディアリナはうなずく。

「悪いな」

「気にしないでいいよ、フレッド。アンタが気づかなかったんだ。あたしかサリトスが踏んでた可能性はある」

「ディアリナの言うとおりだ。どうしてもミスを気にしてしまうというのなら——そう……気落ちするくらいなら、それを消せる活躍で帳消ししてくれればいい。だが、気負いすぎるな」

「ありがたい話だねぇ」

心の底からそう思う。

そうして、オレたちは先へと進んでいく。

「フレッド。ここの廊下では無理に先行するな。さっきのトラップのコトがある」

あの仕掛けの正体が摑《つか》めてない以上、サリトスの言ってるのも確かだ。

先行して様子をみに行くべきかとも思ったが、迂闊《うかつ》に二人から離れるのも危険か。

「了解」

オレは短く返事をして、気を改める。

そうして、通路の先の部屋に入ったとき、あのトラップの意味を何となく理解できた。

「黄色の毛玉連中が起きてる？」

部屋に足を踏み入れるなり、三匹の毛玉たちが一斉にこちらを向いた。

どうやら、蛇の姿をしている部分は尻尾だったようだ。

起きている毛玉の見た目は、巨大なひよこだ。

「見た目はかわいらしいけど、身体が鳥で尻尾が蛇って、まるでコカトリスじゃない？」

石化毒を持つことで有名なモンスターをディアリナが口にする。

「まるで――ではなく、そのとおりだディアリナ。俺も実物は初めてみたが、連中の名前はコカヒナス。コカトリスの幼体だ。成体と違って毒らしい毒は持ってはいないらしいが」

「成体に比べて、ずいぶんとかわいらしいこった」

嘯《うそぶ》きながら、ディアリナは大剣を構える。

目を付けられている以上は、戦闘は避けられない。

オレも弓矢を構えようとして、背後を見た。

「廊下の方からも何か来る。挟撃になる前に、部屋の中の奴らを片づけた方がよさそうだ」

「あの耳障りな音――本当に音だけだったのかもしれないが……」

「ああ。気持ちよく寝てたヒヨコどもを叩き起こしちまったのかもね」

剣を構えながらサリトスは部屋を見渡して、オレたちのところから見て、右手側にある廊下を示す。

「この部屋も、行き先はあれだけだ。蹴散らしながらあの先を目指す」

オレもディアリナも異論はない。

「いくぞッ！」

サリトスの言葉とともに、オレたちは一斉に駆けだした。

8　それは証であり、報酬でもあったりして

慎重に、だけど迅速に――

サリトスたちは、まだ探索していない部屋へと進んでいく。

「はっはっはー……さては油断してたな、あいつら。敵はザコいが、油断できるほど温《ぬる》いわけじゃないからなー」

さっきの警報装置だって、別に大したトラップじゃない。

だけど、今まで倒してこなかった、寝てるコカヒナスが一斉に目を覚まして、踏んだフレッド狙いで近寄ってくる――これは結構、シンドいと思う。

ゲームだったのであれば、サリトスたちはこんなに逃げ回る必要はない。

コカヒナスからの攻撃なんて0で抑えられるくらいサリトスたちは強いからだ。

だけど――これは現実《リアル》だ。虚構《ゲーム》じゃない。

だから鎧《よろい》などに守られてない場所をコカヒナスの嘴《くちばし》につつかれれば血は出るし、尻尾の蛇に噛まれれば痛い。

それは明確なダメージであるし、それが繰り返されれば、無事では済まない。

ましてや数が多いんだ。

一発一発の威力が低くとも囲まれて、つつかれ続け、噛まれ続ければ、いくら腕利きの探索者《シーカー》だろうと、助からない。

三人からしてみれば、どれだけのコカヒナスが集まってくるのかもわからなかったかもしれない。

故に逃げる。それは正しい。

その逃げ方も重要なんだけど、あの三人はその選択を間違えなかった。

このダンジョンに出口はない。

一番の逃走ルートは先に進むことだ。

俺の制定したダンジョンルールでは、モンスターたちはフロア間を移動できないようにしてある。さすがにこれは三人も知らないだろうけどな。

だけどそういう運だって大事だ。

三人は躊躇《ためら》わず先に進むことを選んだからこそ引き寄せた運でもある。

なにはともあれ、三人が階段にたどり着ければ助かるわけだ。

「――ってコトなんだけど、わかった？」

「はい。まぁ説明していただかなくても、そのくらいは」

ミツはそううなずいてから、ちなみに――と付け加えてくる。

「一般的な探索者《シーカー》であれば……」

「あそこで逃げずに手近な部屋の角を陣取って、徹底抗戦する？」

「いえ、そもそも寝てるコカヒナスに襲いかかります」

「あいつら単体だと大したコトないからな。まぁ安全は安全だけどさ」

それ自体も間違っちゃいないんだ。

先制攻撃は大事だし。だけど、寝てるモンスターのスペックを知らずに叩くと危険なのも確か。

もし、コカヒナスが状態異常攻撃を連発するようなタイプだったら、逆に死にかねないっていうのに。

「……いや違うか。そこまで考えるわけがない」

「はい。モンスターは倒す。なにも無くても安全が確保できるので良し。ドロップがあるならなお良し。そんな精神なのだと思います」

ギミックだけでなく、そういうところでも考えナシかぁ……。

まぁいいけどさ。俺はサリトスたちと楽しく勝負できればそれでよくなってきてるし。

「ところでアユム様。フロア1って地形が変化するのと、さっきの警報以外の仕掛けはないんですか？」

「ないな。ついでに、モンスターはドロップもほとんど落とさないようにしてあるし、ランダムで配置されるアイテムも、いわゆる銅製や木製の駆け出し向け安モノの武具だけだ」

「その心は？」

「最初からうま味を出しすぎると、この世界の連中は奥に来てくれないだろうなぁ……って」

「正しい判断です」

「だろ？」

ミツと話をしてて思ったことがある。脳筋と一括りにしてるけど、デキる脳筋とダメな脳筋に分かれてる気がするんだよな。

今話題になってるうま味を出しすぎると奥に来てくれない連中ってのは、ダメな脳筋の方だ。奥でハイリスク・ハイリターンな戦いをするよりも、手前でローリスク・ハイリターンを取りたい連中。

正直、こいつらが通常の脳筋よりもタチが悪い。そして、俺が思うにこの世界の問題を肥大化させてる層だとも思ってる。

まぁこの辺の想像と答え合わせは後日だな。

そんな話をしながらモニタリングしていると、サリトスが走りながら剣を抜き、走ったまま構える。

すると、剣が白く光り輝いた。

「お？　もしかして、アーツか？」

「そのようです」

やばい。必殺技とかワクワクするな！

『俺より前に出るなよッ、フレッドッ!!』

鋭く警告を口にしたサリトスは、力強く地面を踏みしめながら、光り輝く剣を横一文字に一閃《いっせん》する。

『走牙刃《ソウガジン》・扇破《センハ》ッ！』

瞬間――白く輝く剣の軌跡が、そのまま刃となって空を駆ける。

その剣閃《けんせん》はサリトスたちの正面から迫り来るコカヒナスたちを五、六匹まとめて吹き飛ばすッ！

「おおッ！　カッコいいッ！」

「サリトスという方はすごいですね。あのアーツは、剣技の中でも初級の技です。本来はチカラを乗せた剣の切っ先を地面に擦りながら振り上げることで、地を走る衝撃波を繰り出す技なのですが……どうやら独自に改良しているようですね」

「威力が低く、完全な牽制《けんせい》用の不人気スキルを、威力を高め効果範囲が広くなるようにアレンジしてるのか」

「はい。アーツの昇華……ちゃんと、習得されている方がいたのですね……」

俺の言葉に、ミツはうなずき、何かを噛《か》み締《し》めるように小さく呟いた。

おそらくは、この世界には『アーツの昇華』というシステムも組み込まれていたのだろう。

だけど、そもそも進化のパラメータが低い世界。遠くを攻撃できるけど弱いだけの技を、発展・応用させて、強化しようだなんて考える奴は少なかった。だから、その存在に気づいてるものはいなかったのだろうし、気づいて使っていた人物は、あまり良い評価をされなかったのかもしれない。

そんなことをするくらいなら、上位互換の技をさっさと取得する方が良いとして、研鑽《けんさん》を否定していたんじゃないだろうか。

「もしかしたら、ディアリナとフレッドも、昇華アーツを使えるかもしれないな」

「はい。そうであったら、とても嬉しいのですけれど」

なんて話をミツとしているうちに、サリトスたちは階段のあるところまでやってきていた。

『二人とも見ろ。部屋の中央にある大木の枯れ木だ』

『お、うろの奥が階段になってるじゃないか』

『どうする、サリトス？』

『決まっている。降りるぞッ！』

そんなやりとりをしながら、三人がうろの階段を駆け下りていく。

「ふっふっふ……ようこそ。本番へ」

「本番？」

「ああ。このダンジョンのモンスター限定のドロップと、低レア以外の武具もランダムで配置されるようになるのが、フロア２からなんだ。もちろん、トラップの数も増えるぞ。モンスターは一種類増える以外に、変更はないけどな」

フロア１は完全に練習用だ。

ここでダンジョンの空気に触れてもらって、『何か普段のダンジョンと違う』みたいな空気を感じ取ってもらえれば御の字だ。

ちなみに、モンスターからのドロップ品にしろ、ランダム配置されるアイテムにしろ、下の階層ほど、高価なモノが入手しやすくなる。

それが脳筋たちに知れ渡れば、挑戦する奴らも増えることだろう。

そうして挑戦してくれた脳筋のうちの少数でかまわないから、ここでの仕掛けから何かを学び取ってくれれば御の字って感じだな。

「だけどまぁ、本番の前にちょっとチュートリアルエリアを挟む」

「チュートリアルエリア？」

「初挑戦者限定の、フロア1と2の境目にある特殊エリアだ。ミツカ・カインの腕輪を【鑑定】すると情報が手に入るようにはなってるけど、挑戦する為のカギだと思いこまれているとそれに気づかないだろうからさ」

実際、サリトスたちは鑑定する素振りがなかった。

もしかしたら、誰も鑑定のルーマを持っていないのかもしれない。

もっとも、使えたとしても、このダンジョン内においては、【鑑定】時の説明テキストのすべてを、【鑑定】のレベル関係なく、『詳細不明』に設定してあったりするから、意味ないんだけどな。

「何より、このダンジョン特有の特殊ルールとかもあるしな。フロア2からそういうのが本格化するから、その説明を兼ねたエリアだよ」

ミツカ・カインの腕輪には装備者の情報がいくつも自動で記録されていくから、探索者《シーカー》が初挑戦か否を判定して、この特殊エリアへと招き入れるなんてこともできる。

そういった機能も含めて、実はちょっとしたチートアイテムだったりするんだ。あの腕輪。

ただ、そのチート機能の各種を使いこなせるかどうかは、装備者次第。

チュートリアルエリアは、そんな腕輪の機能の一部とそれに関連するこのダンジョンの特殊ルールの説明をする場所だ。

今後必要かどうかは、サリトスたちの様子次第だな。

特に今後必要なさそうなら、今回限りでオミットする予定のエリアでもある。

『フレッド、まだ追いかけてくるか？』

『いや——気配はあるが近寄ってくる感じはしない。もしかしたら、モンスターたちは、この階段を降りれないのかもしれない』

マイクが拾ってくる会話に、俺はそのとおりとうなずく。

それから三人はその場で呼吸を整え、一息ついてから下へと降りていった。

『周囲が真っ暗で階段しか見えないからおっかないけど、目に見えない壁があるみたいだね』

ディアリナがペタペタと壁を触っていると、サリトスとフレッドもそれを真似《まね》て壁を触る。

『目に見えない壁か。不思議な感じだ』

『不思議っていやぁ、この階段のある空間そのものが不思議だけどな』

まぁそうだろうな。

三人がいる階段エリアは入り口の穴と、階段以外は、まるで宇宙のような雰囲気になってるんだ。

この世界の住人には、宇宙空間なんてのはわからないだろう。

あくまで見た目だけで、なんの意味もないけどな。

階段もあまり長いものじゃないので、少し歩くと、エントランスにあったものと同じ魔方陣が見えてくるはずだ。

『魔方陣と看板があるな』

『……次へ挑むのならば、魔方陣の中で「ネクスト」と唱えよ――か』

看板を読み上げ、サリトスは左手で自分の首を撫でる。

『ここなら休めるだろう。どうする？』

『……確かにここにモンスターは入ってこない。この魔方陣の先がどうなってるかわからないから、一息つくならここで――か』

『正直、この場所はちょっと落ち着かないよ。贅沢を言えば、あたしは先へ行って、もうちょいまともな風景の場所で休みたいかな』

ディアリナの意見に、サリトスは首を、フレッドは下顎を撫でる。

あの二人――よくやってる気がする……考えごとをするときのクセかな？

『フレッド、いけるか？』

『問題ない。旦那はどうだ？』

『こちらも問題はない』

二人は顔を見合わせうなずきあうと、行こうとディアリナに告げる。

それにディアリナがうなずくと、三人は魔方陣の中に入り『ネクスト』と唱えるのだった。

チュートリアル用のエリアは、最初と同じログハウス風の丸太小屋っぽい風景にしてある。

三人はキョロキョロと周囲を見渡しながらも、慎重に動き出す。

『そこの机に、ページの開かれた本が置いてあるが……』

サリトスはディアリナとフレッドに目配せをし、二人がうなずくと、独りでゆっくりと本に近づいていく。

『罠の類ではなさそうだ。ページも本もここで固定されていて動かないな』

『サリトス、そのページは読めるかい？』

『ああ』

そりゃあ、読めるさ。読んでくれなきゃ困る！


この迷宮で生まれた存在は【鑑定】のルーマを無力化する。

唯一の例外が、女神ミツカ・カインの腕輪である。

腕輪は挑戦者の証であり、挑戦する勇気あるものへの報酬である。

存分に使いこなしてくれたまえ。


内容としてはそんな感じだ。

サリトスたちが【鑑定】を持ってないなら、廊下の先にある次の部屋で鑑定できるようにしておくつもりだ。

ただ、そんなお節介もどうやら杞憂だったようで――

『サリトスの鑑定はレベル2。あたしは3だ。フレッドは？』

『オレは4だな。オレがやろう』

レベル差はあれど、全員保有してやがった。

「……なぁミツ。もしかして、鑑定って探索者《シーカー》必須スキル？」

「はい。レベル5以上のものを修得している人間は少ないようですが、探索者《シーカー》は大なり小なり保有しているようです」

「なるほど。ならこのダンジョンの仕様は正解だったな」

考えてみればダンジョン作成にばっか注力しすぎて、探索者《シーカー》についてはロクに情報収集してなかったな。

……それはおいおいにしよう。

『フレッドどうだい？』

ディアリナに問われ、フレッドは下顎を撫でてから、腕輪を示した。

『自分で自分のを見るといいぜ。鑑定のレベルに関係なく、内容が読めるみたいだ』

『そんなアイテムがあるのかい？』

『ディアリナ。疑問に思うのもわかるが、論より証拠ともいうだろう』

『そうさね』

そうして、サリトスとディアリナも自分の腕輪に鑑定を使ったらしい。

《ミツカ・カインの腕輪　稀少《きしょう》度☆☆☆☆》

このアイテムの鑑定結果は、ルーマレベルにかかわらず同一です。

旅と冒険を司る女神、ミツカ・カインの名を冠した腕輪。

ダンジョン『変遷螺旋領域　機巧迷宮ラヴュリントス』へ挑戦する為のカギ。

ただのカギではなく、様々な機能を有しており、ラヴュリントスの深層へ進むほどに、その機能が解放される。

その機能を利用するにあたり、利き腕とは逆の手につけておく方が良い。

多くの機能は、ラヴュリントス内部限定ながら、一部はダンジョンの外でも使用可能。

ラヴュリントスのダンジョンマスターに会うことができたあかつきには、ダンジョンの外でも様々な機能が使えるようになる。

挑戦のカギであると同時に、最終報酬でもある貴重品。

一度でも腕につけると、身につけた者のもつ、ルーマ紋が記録される為、ほかの者が身につけても機能しない。

この腕輪は、最初に身につけた者の固有品となるので注意。

願わくば、この腕輪を身につけし者たちに、ミツカ・カインの追い風があらんことを。

～　～　～

ミツカ・カインの本当の姿は、ゲルダ・ヌアしか知り得ない。

彼女は、時に男の姿で、時に獣の姿で、時に娼婦《しょうふ》の姿で、時に幼子の姿で——身分を偽り、様々な姿で、ダンジョンマスターの側近に徹する。あるいは時折、人のフリをして街に紛れる。

彼女はゲルダ・ヌアの愛する人間に慈悲と試練を与えている。

自らを磨く為に、旅や冒険をする者を愛している。

彼女は成長を尊ぶ。進歩を見守る。真価を見せるものを激励する。

もがき、あがき、なおも進もうと信意を貫くものに慈悲を与える。

安易に追い風を求める者には向かい風を、向かい風に容易に膝を折らぬ者には追い風を。

——創主神話　女神ミツカ・カインの一節

『…………』

『…………』

『…………』

なにやら、サリトスたち三人は真面目な顔で黙りこくっている。

「…………」

俺の横にいるミツも、テキストの内容を知るなり顔を真っ赤にして固まっている。

「…………」

こんな状況なんで、俺は空気を読んで黙ってる。

…………

………

……

…

……ところで、いつまで、黙ってればいいんだろう？

「な……」

お？　ミツが復活しだした。

「な？」

「な……」

「な？」

復活はしたけど、「な」としか口にしないな。

「なんなんなんなんなんですかぁッ、あのフレーバーッ!?」

「いいだろ。御使いの在り方を可能な限り伝承風に書き出してみたんだ。あと、なんが多いぞ」

こっちの襟首を摑んでがっくんがっくん振り回しながら言ってくるミツに、俺は冷静に答える。

「なんなんなんでですか、あんなのッ⁉」

「質問の体をなしてない気がするけど、一応答えてやろう。御使いやダンマス、創造主の株を上げておいた方がいいかなって思ったんだ。あとそのリズムで喋《しゃべ》られると俺とミツの体が入れ替わりそうだ」

そろそろガクガク揺すられるの気持ち悪くなってきたなぁ……と俺が思い始めたところで、パッとミツは手を離す。

「私たちの在り方としては間違っていないのですけど、なんか盛りに盛られてて恥ずかしいです……」

えうー……とよくわからない声をあげながら、ミツは両手で顔を押さえながら、丸くなるようにしゃがみ込んだ。

なかなかかわいい姿である。美女の赤面ありがたや〜。

9 『サリトス：試練と遊戯の神』

腕輪を鑑定することで知った女神の話は、腕輪がカギであり報酬である――という情報以上に、衝撃的な内容だった。

俺はミツカ・カインという女神を知らなかった。

ディアリナとフレッドもそうだろう。

それなりに創主神話に慣れ親しんできたつもりでいたが、まさか知らぬ神が――しかも、探索者《シーカー》としては信仰しても損のない存在がいるとは思わなかった。

「我々に伝わる創主神話も――本になっているのがすべてではないのだな」

「女神もそうだけど、ルーマ紋なんて聞き覚えのない単語もあったね」

「腕輪といい、ダンジョンといい、マスターといい……もしかしてラヴュリントスは、今までのダンジョンの中でもっとも、ゲルダ・ヌアやミツカ・カインに近いモノなんじゃないのか？」

創主ゲルダ・ヌアに近い――か。

もしそれが本当だとしたら、どうしてここまで神に近いダンジョンが生まれたのかは気になるが……。

難しく考えるよりも、もっとわかりやすい方法があるな。

「ダンジョンマスターに聞けばいい」

「それもそうさね」

「確かにそれが手っ取り早いな」

ディアリナとフレッドもそう笑うので、俺は一つうなずいて天井に顔を向けた。

「そんなワケでダンジョンマスターよ！　聞こえていたなら今の問いに答えてほしいッ！」

「おまえッ、今ここで聞くのかよッ⁉」

二人が声を揃《そろ》えて叫んできた。

俺は、何か間違ったことをしたのだろうか？

「最奥に居るダンジョンマスターに聞きに行こうって話じゃないのかい⁉」

「オレもそう思った」

二人の言葉に俺は首を傾げる。

「入り口でこちらの呼びかけに応えてくれたからな。こういう質問などもいけるかと思ったのだが」

最奥まで行かずとも、聞けるのならばこれが手っ取り早いと思う。

「聞いてたとしても応えてくれるとは限らないだろう？」

「む、それもそうか？」

言われてみればそのとおりだ。

ダンジョンマスターからしてみれば、こちらの疑問など答える義務などないのだからな。

俺がそんな風に思っていると、どことなく困ったような色を滲ませて、ダンジョンマスターの声が聞こえてくる。

『……内容によっては答えるのもやぶさかではないんだが……そもそも、質問の内容が理解できない――というか、こっちは何か質問されたのか……？』

「返事してきたッ!?」

「結構律儀だなッ、マスター！」

困惑した様子のダンジョンマスターに俺は首を傾げた。

ふむ。質問はしていたと思うのだが――

「ディアリナ。そういや、サリトスは何を質問したんだ？」

「今の会話の流れで質問をわかれ――って結構難しそうだね、ったく」

む？　フレッドとディアリナも呆れた眼差しでこちらを見ている……？　解《げ》せぬ。

「サリトスの質問を要約するとね、このダンジョンはほかのダンジョンに比べて創主ゲルダ・ヌアに近い……あるいはミツカ・カインが積極的に関わっているんじゃないかって話さね」

『ふむ……』

ディアリナの言葉に、ダンジョンマスターはしばし沈黙する。

おそらく、思案に耽《ふけ》っているのだろう。

神が関わっているのであれば、我々人間に明かせぬ話なども関わっているのだろうしな。

『まず一つ。こちらと会話をするとき、別に声を張り上げる必要はないぞ。よほどの小声ではない限り、声は拾い上げられる』

「そいつは良い話だね。いちいち声を張り上げないと会話できないのかと思ったよ」

「ならば宣誓も大声である必要がなかったか？」

「いやサリトス。あれはむしろ大声だから意味があったんだろ？」

何やらフレッドが頭を抱えている。頭痛でもしているのだろうか。

ダンジョン探索に支障がありそうなら、ここで少し休息を取っても構わないのだが。

『そして問いの答えだ。答えになるかわからないが――一つ、ダンジョンに関する話をしよう』

ダンジョンは創主ゲルダ・ヌアが地上にもたらした試練であり、慈悲である――よく言われている話だが、これは事実なのだそうだ。

『同時に、ゲルダ・ヌアからのメッセージでもある』

「メッセージ？」

『その内容は伏せる。人間が自力でたどり着き理解するべき言葉だ』

ダンジョンが――創主からのメッセージであった、だと……？

『だがおまえたち人間は、最初のダンジョン発生から現在《いま》に至るまで――試練の意味を理解せず、慈悲だけを求め、メッセージにはついぞ気づかなかった』

はあ――と、息を吐く音がする。

ダンジョンマスターの嘆息だろうか……。

『ゲルダ・ヌアもミツカ・カインも人間に甘い。だからこそ、こちらに白羽の矢が立った』

そういえば、先ほどからダンジョンマスターは、創主と女神の名を呼び捨にしているな……何者なのだ、ここのダンジョンマスターは。

『今——ミツカ・カインから、この世界の神の一柱を名乗る許可が下りた。故に名乗ろう』

神を名乗る——許可が下りた、だと……？

『ラヴュリントスのダンジョンマスター。試練と遊戯を司る神、アユム・アラタニだ。ゲルダ・ヌアからの依頼によって、この世界アルク・オールへと降臨した』

俺たちは——神話の時代に迷い込んだのではあるまいな……？

アユム・アラタニの言い回しでは、まるで異なる世界から来たかのようではないか。

『とはいえ期間限定の神だ。気軽にアユムとでも呼んでくれ』

期間限定の神——というのもよくわからないが、よろしくというのであれば、こちらも返礼をするのが礼儀というもの。

「わかった。よろしく頼む。アユム」

「順応早いねサリトスッ!?」

「オレ、話にまったく付いていけてないんだが」

何やら二人が驚いているので、俺も二人に言っておく。

「俺とて理解できているわけではないぞ？」

ただの礼儀の問題だ。

『おまえたちのコトは個人的には気に入っているが、仕事としてはほかの者と平等に試練を与えねばならないコトを予《あらかじ》め謝罪しておこう』

「その謝罪は受け取れないな」

「そうさね。贔屓してもらう必要はないさ」

「最初に宣言しただろ？　オレたちを楽しませてくれるなら、そっちが楽しめるように乗り越えてやるってさ」

そうだ。

神に気に入られたことと、神にもたらされる試練を乗り越えられるかどうかなど、別問題だ。

『くっくっくっく……そうだったな。だから言っただろうミツ。彼らはそういう奴らだって。ダンジョンマスターが贔屓の探索者《シーカー》に与える「追い風の祝福」なんて必要ないのさ』

『きゅ、急にこちらに話を振らないでくださいッ！』

今まで黙っていたのか、アユムに振られ、女性の声がダンジョンに響く。

ミツ……と呼ばれていたか？

アユムの近くに誰かいるのか……？

女性で……ミツ……ッ!?　まさか……

いや待て、『追い風の祝福』の正体はダンジョンマスターの贔屓だった……だと？

くッ、情報が多すぎる……ッ！

『さて、困惑しているところ申し訳ないが、開示できる話としてはこんなものだ。質問の答えになったかはわからないが、この情報は好きに使うといい』

好きに使えといわれてもな……

一通りの情報を整理したら、兄に伝えておくべきだろう。

一介の探索者《シーカー》が抱え込むには、少しばかり重すぎる。

「ダンマスの旦那。オレからもいいかい？」

『構わないぞ』

俺が悩んでいると、横でフレッドがアユムに訊ねた。

「ルーマ紋ってなんだ？」

『ああ——正式な名称ではないが、人間の言葉に訳すならそう訳すべきだろう言葉だな。人間——いや生きとし生ける存在すべてが内包しているチカラの源のことだ。ルーマとはここからチカラを引き出して使っている。人によって色や形状、性質が異なるからな。腕輪にそのルーマ紋の形状を記憶させるコトで、持ち主専用になるような仕掛けを施してある』

これもまた貴重な情報だ。

そんなものが存在しているのであれば、持ち主以外には抜けぬ剣など、色々なことができることだろう。

それを利用するだけの技術と知識が存在すれば、だが。

『ほかにはあるか？』

それはおそらくディアリナに向けてなのだろう。

彼女もそれを理解したからか、僅かに逡巡してからアユムに問いかけた。

「なら、あたしも聞いていいかい？」

『ああ』

「このダンジョンはどうやって脱出すればいいんだい？」

確かにそれも重要な問題だ。

答えてくれるかはともかくとして、聞いておく価値はあるだろう。

『脱出手段は基本的には二つだ。このダンジョンはいくつかの層に分かれている。層の内部は五つのフロアで構成されているわけだが――基本的には各層のフロア3、5に出口がある。わかりやすいのもあれば隠れているのもあるがな。もう一つが、このダンジョン内で手に入る、アリアドネ・ロープというアイテムの使用だ。これを使えば脱出できるが、このロープの定員は四人までだ。使用時の人数には気をつけろ』

ダンジョンマスターがあっさりと答える。

……ならば、今回の先行挑戦の目的地はフロア3の出口だな。

アリアドネ・ロープなるアイテムも手に入れたいところだが、どこで手に入るかわからないのであれば、保留だな。手に入ればラッキーくらいに考えておいた方がいいだろう。

「ずいぶんとあっさり答えるんだね、アユム」

『隠す必要はないからな。本来であればおまえたちが自力で気づくコトができる法則だが、この世界の住人の多くは気づけない――いや気づく気もなさそうだからな、先に言っておくコトにした』

気づけないのではなく、気づく気もない……か。

耳が痛い話だ。

『この情報も、おまえたちがどう取り扱うかは自由だ』

……情報を自由に扱え……か。

先ほどもこのような言い回しをアユムはしてきたな。

このダンジョンマスターは試練と遊戯を司っているといっていた。

ならば、この言い回しも、アユムにとっては遊びであり、俺たちに対する試練の可能性もある
――か。

『そうそう。その丸太小屋のようなエリアはフロアとしてカウントされない。何らかの条件を満たしている場合、あるいは「ネクスト」と口にしたときの運によって迷い込むコトができるエクストラフロアだ。おまえたちが今いるようなダンジョン攻略のヒントが手に入る小フロアや、宝物庫。モンスターの巣や罠だらけの空間。あるいはアイテムを販売する店――様々なものと出会えるようにしてある。楽しんでくれれば幸いだ』

――ふむ。宝物庫などに出会えればありがたいが、モンスターの巣などには遭遇したくないな。

話を吟味していると、ふとマスターとマスターの近くにいるらしい女性の会話が聞こえてきた。

『アユム様』

『どうしたミツ？』

『そろそろ彼らとのやりとりを切り上げた方がいいかと』

『なんで？』

『アユム様はどうにも、調子に乗ると口の滑りがよくなるようですので』

『…………なんか、マズった？』

『いえ。まだギリギリ問題のない範囲です』

どの情報がギリギリの情報だったのだろうか。

いや、それを考えるのは詮無きことかもしれないな。

人間が踏み込んで良い領域かどうかもわからない。

『……さて――そういう理由なので』

「どういう理由だよ、ダンマスの旦那」

フレッドが何とも言えない顔をしてそう告げるが、気持ちはわかる。

『ミツカ・カインに怒られそうなので、このあたりで失礼する』

「もうすでに怒られてる気がするんだけどね」

ディアリナのツッコミももっともだ。

あれはもう叱られているといえるだろう――と、待て、やはりミツカ・カインだとッ⁉

『ア、アユム様⁉　その名で呼ばないでくださいッ！』

『これにて、失礼する。そのエリアはダンジョン攻略のヒントなどが置いてある。考え事をするあまり見落としたりしてくれるなよ。ではな』

そうして、ダンジョンマスターの声は聞こえなくなる。

ささやかな時間のやりとりではあったが、どうしようもなく濃密だった。

「なんつーか、疲れちまったぜオレ」

盛大に息を吐いて、フレッドが座り込む。

「――俺もだ」

「あたしもだね」

気疲れ――というものだろうか。

俺もディアリナもフレッドにならってその場に腰を下ろした。

「モンスターの気配がないなら、一度ここで情報の整理をしよう」

「同感さね。一度に大量の情報を得すぎたよ……」

「気さくでおもしろいダンジョンマスターではあったな」

フレッドの言葉に、俺とディアリナは確かにとうなずいて、笑う。

「さて、情報をどうするか考えるとしますかね。ギルドに報告するモノ、サリトスの兄さんに丸投げするモノ、あたしらだけのヒミツにするモノ……ってところか」

「サリトスの旦那のお兄さんって何者？」

「……そうだな。仕事で情報収集をして、それをうまくコントロールして情報を流したりもみ消したりしているな」

「あんま突っ込んで聞かない方が良さそうだ」

肩を竦めるフレッドに、そうしてくれ――とだけ俺は告げて、情報の整理を開始した。

10　目には見えない武具もある

「いやー……なかなか有意義だったな」

サリトスたちとの交流は、ミツ以外に話し相手がいなかった俺からするとすこぶる楽しい時間だった。

「ミツのツッコミのタイミングも的確だったしな。うまかったぞ、割り込んで叱る演技」

「いえその……実際、思ってたコトだったので」

「そうか」

つまり、半分ぐらいは素だったのか。

「情報、流しすぎではないのですか？」

「いいんだよ。あれはあれで。サリトスたちを試してるんだから」

「試す、ですか？」

「情報の取り扱い方をだよ。情報ってのは目に見えない武器であり、防具だからな」

「ダンジョンのフロア情報や、脱出情報以外も、ですか？」

「おう」

サリトスたちがどこまで情報を流すのかはわからない。

それをどこまで流すのか――というのを三人は意見交換し始めているので、こっそり聞き耳を立てている。

ふむ――情報屋か何かだろうサリトスの兄に託すのは、ミツカ・カインやダンジョンの意味なんかの話。

まぁサリトスたちからしてみれば、創主神話が現代に地続きになってるような気分だろうからな。一介の探索者《シーカー》として判断に困る話ではあるんだろう。

ダンジョンのエクストラフロアの話と、出口の配置はヒミツ。自分たちだけが有利に使うつもりらしい。

それもまた情報の使い方の一つだ。

サリトスたちからしてみれば、散々バカにしてきた連中へ素直に情報を流す気もない――ってカンジかもしれないけど。

でもアリアドネ・ロープの話はギルドに報告するのか。

脱出手段を提示しといてくれるのは助かるな。

脱出できるかわからない――よりも、入ると出てこれないが脱出の仕方が存在する……という方が、挑戦する方も気楽だろう。

「ふむ――サリトスの兄貴次第だな」

「何が、ですか？」

「ダンジョン依存症の解消も頼みたい――とそう言ってきたのはミツだろ？」

「え？　はい……言いましたが……」

「うまく行くかはわからないけど、とりあえず一手目としての種は蒔いたぞ」

「えッ!?」

「あんまり、期待はしないでくれよ。ダンジョンマスターは外界へ出られないから、基本的には間接的な手段しか取れないんだからな」

だけど、情報屋らしき存在がいると知れたのは大きい。

少なくとも脳筋ばかりの社会の中でも、情報が武器にも防具にもなると知っている人間がいるということだ。

ただ、仕入れた情報を受け取る側の存在がよくわからない。

ミツに聞くのが手っ取り早いかなぁ……。

何でもかんでもミツに聞いちゃうのはよろしくない気もするけど。

「なぁミツ……嬉しそうな顔で硬直してるところ悪いんだけど」

「ふぁい!?」

「サリトスの兄貴は情報屋らしいんだが、その情報を買う側ってどんな奴がいるかわかるか？」

俺の問いに、ミツは少し眉を顰《しか》めて難しい顔をする。

「そもそも情報屋が存在していたコトに驚きですけど……そうですね」

「驚きなのかよ」

「少なくとも探索者《シーカー》たちはあまり利用しないと思います」

サリトスたちがどれだけ特異かわかる話だな、おい……。

「情報屋の情報の売り先は、おそらく――商人と貴族でしょう」

「まぁ王国がある以上はいると思ってたけど、大丈夫なのかこの世界の商人や貴族って」

「少なくともペルエール王国内における貴族や商人の興りは、サリトスさんたちのような特異性を持ちつつも、探索者《シーカー》以外の道を模索した人たちによるものですからね」

「なるほど、完全に進化できてないワケでもないのか」

「ただ、平民や探索者《シーカー》たちから見ると、貴族は口うるさく、商人は小狡い――と、あまり好かれてはおりませんね。ダンジョンを探索せず利益を得るズルい人たち……くらいの印象でしょうか」

「うーむ……」

住民全員がダンジョン依存症というワケでもないのか。

少なくともペルエール王国の貴族と商人は、ダンジョンからの出土品を買い取ったりすることで、土地の管理や治安の維持、出土品などの流通を取り仕切ったりしてるんだと思う。

「これは本当に、もしかしたらもしかするな……」

サリトスたち兄弟は、救国――いや救界の英雄になりうるのかもしれない。

「――と、いいますと？」

「サリトスの兄貴の動き次第で、少なくともペルエール王国はダンジョンに対する認識が変わるかもしれないぞ。もちろん、すぐにどうこうってワケじゃないけどさ」

「…………」

何やらミツがじーっと見つめてくる。

「どうした、ミツ？」

「いいえ、口では無理だの何だの言いながら、何だかんだと動いてくださるんだな……と」

「そういう依頼だろ？　達成できる保証はないけど、依頼を受けた以上やれるコトはやっておくさ」

サリトスたちは、干し肉と堅パンを取り出して食べ始めている。

肉とパンをナイフで削って口に含み、水を呷《あお》る。

おそらくああやって、口の中でふやかしながら咀嚼《そしゃく》していくのだろう。

「見てたら腹が減ってきたな」

あまり美味《おい》しそうじゃねぇけどな。

「ダンジョンマスターに空腹はないはずですが」

「気分の問題さ。元人間だから、尚更《なおさら》な」

そうして、俺は管理室の椅子から立ち上がった。

「ミツも食べるだろ？」

「いただけるのでしたら」

コクリといつもの感情のなさそうな顔でうなずくものの、瞳は輝いているし、存在しないはずの犬の尻尾がぶんぶん揺れてるのが幻視《み》えるので、楽しみにしているようだ。

「食事……食事か」

キッチンへ向かいながら、俺はふと思うことがあって足を止める。

「どうしました？」

「いや――ちょっと思いついたコトがあってな。メシを食い終わったら、名持固有種《ネームドユニーク》のモンスターを作りたい。手伝ってもらえるか？」

「もちろんです！」


そんなワケで、キッチンなう。

「今日は何を作るんですか？」

「そんな凝ったもんを作る気はないよ」

何より、凝ったもんなんて作れないしな。

俺に作れるもんなんて一人暮らしの男料理みたいなもんだけだ。

「ブートンのバラ肉と、長ネギ……だけでいいかな。あとニンニクか」

ブートンというのはモンスターの名前で、別名ダンジョン豚とも呼ばれるやつだ。凶暴な魔物ながら肉が美味しいので重宝されてるんだとか。

その名前と二つ名のとおり、見た目はブタだ。猪《いのしし》じゃなくてブタ。

ただ地球のブタと比べるとかわいらしさをみじんも感じない姿だけど。

珍しい個体でもなく、色んなダンジョンに生息しているらしい。

ダンジョンごとに差違はあるらしいけど、共通しているのは、ほかのモンスターと違い、こいつは黒いモヤとなって消滅しないことだ。

なので、ありがたく肉をいただけるモンスターである。

もちろんラヴュリントスにもポップするようにしてあるぞ。

出てくるのは第一層のフロア4からなので、サリトスたちにはもうちょっとがんばってほしいところだ。

ちなみに料理に使うブートンは、DPを消費することで、肉だけ召喚してる。

いちいち戦って倒すなんて面倒はしないのだ。

「さて、ご飯はもう炊いてあるので……」

長ネギは斜めにザク切り。

ニンニクはみじん切りだ。

フライパンを熱してごま油を敷いて、ニンニクのみじん切りを入れる。

ニンニクの香りが立ってきたら、豚バラ肉とネギを入れる。

肉に火が通り、ネギがしんなりしてきたら、醤油《しょうゆ》、酒、みりん、砂糖を加えてひと炒《いた》め。

アルコールが飛び、味が馴染《なじ》んだところで、火を止める。最後に水溶き片栗粉《かたくりこ》を回し入れ、とろみをつければ完成だ。

炊き立てご飯を丼に盛って、今作った豚炒めをのっけてやる。上から黒ごまをパラりと散らし、紅ショウガを添えて完成っと。

ネギが好きならここに、山盛り白髪ネギや、小口切りしたネギをのせても美味しかったりする。

白髪ネギに少量のごま油と黒胡椒《こしょう》を混ぜたやつをのせるのも結構好きだ。

でも今日は用意してないので、オプションはなし。これで充分おいしいので問題はないと思う。

「ほれ、ミツの分な」

「ありがとうございます」

キッチン横のテーブルに丼を置き、俺の分には箸を、ミツの分にはスプーンとフォークを用意する。

「いただきます」

「いただきます」

手を合わせて俺が口にすると、ミツもマネして口にする。

最初は食前の祈りが短いのでは——とミツに不思議がられたんだけど、この言葉の中には、
・糧となる食材《いのち》への感謝
・それを育てた自然、あるいは育て収穫した農家や狩人《かりゅうど》への感謝
・食材を売買し、流通に乗せ食卓へ届ける商人への感謝
・食べられる形へと調理した料理人への感謝
……などなど——そういうのを『いただきます』の一言に集約しているのだという話をしたら、ミツがえらく感動していた。

神から自立した人間の極致のような言葉だとかなんとか。

よくわからないけど、感動に水を差す気もないので、あのときは放っておいた。

何はともあれ、本日のメニューは豚バラ丼だ。

上品に食べる必要はない。肉とネギとご飯をまとめてかき込む。

……我ながらうまくできた。

ブートンのバラ肉のうま味、ネギの風味、お米の甘さ、それらをとろりとした醤油ダレが包み込む。

ちらりとミツを見れば、スプーンで小さく掬《すく》いながらチマチマ食べているものの、わりとハイペースで食べているので、どうやらお気に召してくれたようだ。

この料理、ネギとかニンニクとか明らかにこの世界のモノじゃない食材を使ってるんだけど、それは俺が召喚したものだ。

この世界の食材ももちろん召喚できるんだけど、味が物足りないんだよね。地球で品種改良された野菜や果物のうま味の強さには恐れいる。

DP消費は大きいんだけど、手持ちのDPを考えれば誤差レベル。

なら美味しいのがいいよね、ってコトで。

「ミツ、食べながらでいいんだけどさ」

ハムスターかリスみたいにほっぺたを膨らませたミツが、こくりと首を傾げた。丁寧に食べてるようで、思い切り頬張っていたらしい。ある意味で器用だ。

ミツの口元にはご飯粒がついてるけど、あえて指摘はせずに、俺は続ける。

「こういう方向の進化というか進歩もありか？」

丼を指さしながら俺がそう言うと、ミツはこくん――と、口の中のものを嚥下《えんか》してから訊ねてくる。

「こういう方向とは？」

「ダンジョン内で美味しいモノを食ったら、ダンジョンの外でも食いたくなって、料理研究とか始まらないかな……と」

何せ食欲は三大欲求の一つだ。

そこに直結するなら、本能が先へ進むことを求める気がするんだよな。

「成功するかどうかはともかく、アプローチ手段はいくつあっても良いだろ？」

「そうですね。料理の発展を基点に、ほかの文化が発展していく可能性もありますしね」

そうして、俺たちは食事が終わった後、名持固有種《ネームドユニーク》の作成を開始するのだった。

名持固有種《ネームドユニーク》っていうのは、その名称どおり、いわゆるネームドモンスターってやつだ。

名前を与えられた唯一種。

そのダンジョンどころか基本的に世界で一匹しかいないモンスターのことだ。

ちなみに、ただの固有種《ユニーク》だけだと、うちでいうところの山賊ゴブリンみたいな、ダンジョン固有種のことになる。

ネームドの最大の特徴は、自我がはっきりしていることだ。

基本的にダンジョンマスターを主とし、命令に従う。だけど自我があるということは性格が存在しているということでもある。

扱い方を間違えると、下剋上《げこくじょう》されることもあるそうだ。

「実際に、過去のダンマスでされちゃった方いますしね」

――とは、ミツの談。

ただまぁ逆に言えば、ちゃんと待遇を考えてあげれば、裏切られることはまずないというワケだ。

ネームドは死んでしまうと、それまでだ。

いや――実際は、召喚コストの十倍のＤＰを払えば再生できる。

やられた記憶などもしっかり経験として残っているので、成長することもあるそうだ。

「アユム様はどのようなネームドをお作りに？」

「ベースは、豚魔人ことオークだな」

ファンタジーでは定番のモンスター。

この世界でも例外ではなく、ダンジョンの外に生息しているタイプのオークは他種族のメスに無理矢理種付けをして子供を増やすそうだ。

知性もそれなりにあり、武器くらいは扱えるとか。

もっともＤＰで召喚するオークは、生殖本能が薄まってるのでただの乱暴者程度のモンスターのようだけど。

「スペックは下手なコアモンスターよりも強くする。サリトスたちが三人がかりで挑んで、三人とも差し違えれば倒せるかどうかくらいのスペックだ」

「強すぎませんか？」

「いいんだよ。別に挑戦者と戦わせるわけじゃないからな」

「……それはどういう……？」

「ふふふふふ。それはあとのお楽しみというコトで」

設定が間に合いそうなら、早速フロア２に配置して、サリトスたちの反応がみたいところである。

11　『ディアリナ：特別ルール』

情報をまとめ終えた。

食事も終わった。

一息ついた。

なら、あとは立ち上がるだけさね。

「サリトス、フレッド。そろそろ行けるかい？」

あたしの言葉に二人はうなずく。

そうしてあたしたちは、探索を再開する。

ダンジョンマスターのアユムからもたらされた情報には驚くものも多かったけど、お宝と同じでちゃんと外へ持って帰れなければ意味がない。

だったら、あたしらがすることなんて、脱出を目指して進むだけさ。

立ち上がったあたしらは、ダンジョンマスターが言うところの、エクストラフロアというこの丸太小屋のようなエリアを進んでいく。

途中、上蓋に奇妙な宝石がついた宝箱があった。

どうやっても開かなかったんで一度諦めて先に進む。

「またページの固定された本があるな」

「変な仕掛けはないだろうから、皆で読むか」

赤き封石に、証の赤を添えよ
それが正しき証であれば、先に進めるだろう

「どういう意味だい？」

あたしが首を傾げながら周囲を見渡す。

すると、次へ進む為の廊下とは別に、部屋に扉があることに気がついた。

その扉の中央には赤い宝石が輝いている。

「あれか」

サリトスは扉の前まで歩いていくと、自分の腕輪の赤い宝石部分を、扉の宝石部分に当てた。

……でも、何か起きる気配はない。

「なるほど。扉が消えたな」

「え？　何言ってるんだい、サリトス？　扉はふつうにあるよ？」

「俺の目には消えているように見えるのだがな……」

そう言うと、サリトスは扉へ向かって歩いていく。

すると、するりと扉をすり抜けて向こうへと行っちまった。

あたしとフレッドが驚いて顔を見合わせていると、何事もなかったかのようにサリトスが戻ってくる。

「どうした二人とも？」

「いや、サリトスが扉をすり抜けちまったから驚いたのさ」

「すり抜けた？　扉は消えているだろう？」

どうにも話が噛《か》み合《あ》わない。

そこで、あたしはフレッドに頼んでみることにした。

「フレッド。アンタも扉の宝石に腕輪の宝石をぶつけてみてくれないかい？」

「おう。了解だ」

うなずくフレッドが、宝石を合わせるなり、驚いたような声を出す。

「本当に扉が消えやがった……嬢ちゃん？」

「あたしの目には扉は消えてないね。フレッド、そこ通れるかい？」

「ほれ、このとおりだ」

まるで扉なんてないかのように、フレッドの手が扉をすり抜けている。

「あたしが触るとどうなるかなー」

まぁ――わかってたけどね。

やっぱりあたしの手は扉より向こうへ行ってくれない。間違いなくここに扉がある。

「こちらから見ると何もないところに手を置いているように見えるな」

「オレらが不思議そうな顔をした理由、わかるだろ？」

そんなやりとりをしている男二人は置いておいて、あたしは自分の腕輪の宝石と扉の宝石——いや封石だったか——を重ねた。

すると、封石は緑色へと変わり、ゆっくりと透けていくと、やがて完全に扉は消えちまった。

まるでここに扉なんて最初からなかったみたいだ。

「凝った仕掛けをしてくるねぇアユムは……」

「まったくだ」

あたしとフレッドが笑いあって、扉の先へ進もうとすると、サリトスが待ったをかけてくる。

「どうしたんだい？」

「さっきの宝箱だ。あれにも、赤い封石がついていた」

確かにそうだった。

あたしとフレッドはうなずくと、一度宝箱があった場所まで引き返す。

そうしてサリトスが、宝箱の封石に腕輪を当てる。

「やはりか」

あたしからすると変化は見られないけど、そう口にするなら開いたんだろう。

上蓋に腕を突き刺し、サリトスは中から白い袋を取り出して見せた。

「なんだい、大きな箱の中にそれだけなのかい？」

「そのようだ。おまえたちも試してみてくれ」

言われて、あたしとフレッドもやってみた結果、宝箱の上蓋が先ほどの扉と同じように消え去った。そうして、中からあたしとフレッドも小さな袋を取り出せる。

この場に小さな袋が三つ存在することとなった。

「……どういう仕掛けなんだろうね、これ」

首を傾げたところで答えはでないのはわかっているんだけどね。

でも不思議じゃないか。箱の中には白い袋が一つしか入ってなかったのに、それぞれが取り出せて、計三つもこの場にあるなんてさ。

「旦那と嬢ちゃんが手にした袋には、オレも触れるな……」

まぁいいさね。

人数分の小袋が手に入るってのが重要だ。

我先にとお宝を独り占めするような輩《やから》が迷惑にならないからね。

「袋、開けてみるだろ？」

「ああ、もちろんだ」

中から出てきたのは、片眼鏡のようなものだ。

ちょっと凝った意匠ではあるけれど、なぜかそれが五個入っている。

「片眼鏡だけ五個もらってもな……」

フレッドがそう苦笑するけど、サリトスは何かに気づいたようだ。

「袋の中をよく見てみるといい。一緒にダンジョン紙の紙片が入っている」

お、ほんとだ。

それを取り出して広げてみると、この片眼鏡に関する内容が書いてある。


このダンジョンで生まれたモノに鑑定のルーマはあまり効果がありません。

ルーマの代わりに、この使い捨ての魔具『スペクタクルズ』を使用します。

ルーマを使う要領でこの魔具にチカラを込めた後、対象にぶつけてください。


「のぞき込むんじゃないのかよッ！」

思わずフレッドが紙片にツッコミを入れた。

あたしも同感だとうなずきながら、続きを読み進める。

腕輪の赤い宝石に触れながら、『鑑定結果表示』と唱えれば、
その呪文のとおり、直前に鑑定したモノの鑑定結果が表示されます。
また、このダンジョンでは『正体不明品』というアイテムが、
手に入ることがあります。
スペクタクルズを複数個ぶつけることで、
それらを本来の姿に変化させることが可能です。
正体不明品は、ラヴュリントスの外へ持ち出し、

陽光に晒《さら》すことで、その正体を明かすこともできます。

「わりと重要な魔具じゃないか」

「鑑定が使えない以上、これは必須に近い道具だが……」

「ああ、使い捨てらしいからね。何でもかんでも鑑定すればいいってわけでもなさそうだ」

本当に、今までの常識が通用しないダンジョンだね。ここは。

「本気で力業だけじゃどうにもならないようになってるようだな」

サリトスの言葉で、あたしの中にもその実感がはっきりと芽生えてくる。この先も、きっと常識に囚《とら》われてたら想像も付かない仕掛けが多そうだ。

それからあたしたちはさっきの扉のところまで戻り、扉の奥へと進んでいくと、突き当たりにまた封石のついた宝箱があった。

だが、この石は赤ではなく、青い。

「青の封石――これも同じように開くのか？」

サリトスが試してみると、上蓋がゆっくりと開いていった。

「蓋が消え去るわけじゃないようだが……」

「あたしにも蓋が開いてる姿が見えるね」

「オレもだ」

「ふむ……」

つまり、青い封石の場合は早いもの勝ちの箱ってことか。

全部が全部、赤い封石ってわけじゃないんだね。

サリトスが箱の中から取り出したのは一振りの剣だ。

どこにでもありそうな、ふつうの両刃剣——そのはずなのに、この剣には奇妙な気配を感じる。

「【正体不明品：直刃の剣】——か」

「どうしてわかった、フレッド？」

「正体不明品かどうかって程度のコトは、ルーマの鑑定でも見れるようだぜ」

フレッドの言葉に、サリトスは何か考えたあと、おもむろにスペクタクルズを一つ取り出して、直刃の剣に軽くぶつけた。

瞬間、スペクタクルズは光になって崩れ落ちる。

「『鑑定結果表示』」

サリトスが呪文を唱えると、サリトスがつけている腕輪からうっすらと光る板のようなものが生まれた。

その板をサリトスはじっと見ている。

「完全に正体を明かすにはスペクタクルズがあと二個必要なようだ」

おそらくは扉や宝箱と同じ原理。

あたしやフレッドには何も書かれていない板が浮いているだけだけど、サリトスには鑑定結果が見えている。

それから、サリトスは自分のスペクタクルズをもう二個続けて、こつんとぶつけた。

三個目がぶつかると同時に、剣はサリトスの手の中で形状を変えていき、刀身の赤い幅広のダガーへと姿を変えた。

「鑑定結果の表示が変わったな。これは『フレイムタン』というダガーだそうだ。斬り付けると同時に、斬った場所を焼く、魔具の刃……か。それと――」

動物の舌のような形状の赤い刃の切っ先を壁に向け、サリトスが呪文を口にする。

「ブリッツ！」

すると、その切っ先から小さな火の玉が打ち出され、壁にぶつかった。

「呪文を唱えると、切っ先から火を放つ――威力はあまり高くないが、悪くない武器だ」

ひとりサリトスはうなずくと、フレイムタンをあたしの方へと差し出してきた。

「ディアリナが持っていろ。おまえの長剣は長さも威力も申し分ないが、懐に潜り込まれたとき、取り回しが大変だろう？」

「フレッドは、あたしが持っててていいと思うかい？」

「かまわないぜ。戦略や戦術の幅が増えるのは、生存率が高まるからな」

異論がないようなので、あたしはありがたくそれを受け取る。

すぐに抜き放てるように、腰に帯びた。

「サリトス、あたしのスペクタクルズを一つ渡しておくよ」

「ああ、オレもだ。これで一人が一つずつ消費しただけってコトになる」

「すまないな。ありがとう」

このあとは、扉のあった部屋まで戻り、まだ行ってない廊下を進んでいく。

その先は転移の魔方陣が設置してある場所だった。

「行くぞ」

サリトスの言葉に、あたしとフレッドはうなずくと、三人同時に『ネクスト』と呪文を口にした。

あたしらは魔方陣から放たれる光に包まれる。

視界が完全に光に遮られてから数秒――フロア１の入り口がわりの丸太小屋とまったく同じような場所にいた。

あのときと違うのは、ここには『戻れる』という旨の書かれたプレートが存在していないことか。

「準備はいいな？」

そう訊ねてくるサリトスに、あたしとフレッドがうなずくと、彼は丸太小屋の扉を開いて外に出る。

そこはフロア１と同じような雰囲気の森の中。

フロア１と違うのは、要所要所に石畳や壁だったことを思わせるものが転がっている――ということくらいか。

森に飲み込まれた廃墟《はいきょ》の街っぽさを醸し出している。

そして、丸太小屋の出口の正面には、看板が設置してあった。
それをフレッドが読み上げる。

第一層　フロア2
ここから始まる最初の一歩は　新たなる常識と共に

12　『フレッド：新たなる常識と奇妙なネームド』

フロア2も基本的な構造はフロア1と同じだ。

森型の迷宮で、部屋と部屋を通路が繋《つな》いでいるという形。フロア1との違いがあるとすれば、少し人工物が増えているというくらいか。

そうは言っても石畳だったんだろうと思われる、並んだ平べったい石の群れや、石造りの建物だったかもしれない土台っぽいものがチラホラ見受けられる程度。

別にそれが何かの影響があるような感じでもないな。

ほかの面での違いといえば、出現するモンスターが一種類増えたくらいか。

首から上が白く、首から下は黒い大型のカラスのようなモンスター。名前は確か——酔いどれドリだったか。

よく見ると顔はうっすら赤ら顔だ。

おぼつかない足取りで地面をふらふらと歩いているんだが、こっちに気がつくと突然翼を広げて素早く近づいて襲ってくる。

フラフラしてるので狙いは付けづらいが、オレにかかれば余裕余裕。

フロア1で痛い目にあったので、コカヒナスだけでなく、それ以外のモンスターも積極的に倒してる。

戦闘を避けている状態で、またあのトラップを踏むと面倒そうだしな。

「しかし、何なんだろうね、これ。とりあえず拾ってはいるけどさ」

「スペクタクルズでも使ってみるか？」

「いや、その前に通常の鑑定をした方がいいかもしれないな」

オレたちが話をしているのは、このフロアから急に出るようになったドロップ品の数々だ。

ジェルラビの尻尾と、ジェルラビの耳。

山賊ゴブリンのモヒカン。

コカヒナスのくちばし。コカヒナスの尻尾。

酔いどれ羽毛に、酔いどれモモ肉。

モンスターを倒すとそういった部位のようなものだけ残る場合がかなり増えた。

ほかのダンジョンでモンスターからドロップするのは、最初から道具の形をしているものがほとんどなんだがな。

なにより、そのドロップ量がおかしい。

一匹につき一つは落としてる。時々二つ以上もある。

鑑定のルーマを使っても、稀少度くらいしかわからなかった。

「通常の鑑定じゃ何もわからないのと同じだね」

「一応、スペクタクルズを使っておくか」

少し悩んだが、オレたちはそれぞれにスペクタクルズを使い、その結果を共有し合った。

とはいえ、合計で七つも使ってわかったのは部位の名前と、簡単な部位の解説。それから『素材として使える』という謎の文言だけだったけどな。

そんな中で酔いどれモモ肉は――

《酔いどれモモ肉　稀少度☆☆》

酔いどれドリの肉。食用可。

強い酒精を含んでいるので、食べ方に注意。

素材としても使える。

ドロップ時に包まれている白い紙をはずさない限り、ラヴュリントス内では腐ることはない。


――なんて、説明がされていた。

「酔いどれモモ肉は持って帰ってもいいだろうが、ほかの素材とやらの扱いに困るな」

サリトスの言葉に、オレとディアリナもうなずく。

酒精を含んでるとはいえ、食えるってのはデカイ。

「味見したいとこだけど、ダンジョンで食うのは危険かね」

「そうだろうなぁ……残念だが我慢しようぜ嬢ちゃん」

酒精の強さがわからないからな。

食って酔って動けません――ってのは馬鹿らしい。

酒に強くても酔うときは酔うしな。ダンジョンという危ない橋を渡っているんだ。転ぶ要素は可能な限り減らしておいた方がよいに決まってる。

「モモ肉を優先にしつつ、持って帰れる範囲で無理なく持ち帰るとしよう」

「あとはジェルラビの尻尾も優先にした方がいいね。モモ肉と同じで、稀少度がほかより高い。しかも食用可能らしいしね」

「ジェルラビの尻尾なんてどう食べるんだろうな？」

「さてな。試す奴もいなかったのだろうが……」

「あとは、あれさね。ジェルラビなんかに鑑定を使う奴もいなかったんでしょ」

ディアリナの言葉にオレとサリトスも納得する。

もしかしたら、野生のジェルラビや、ほかのダンジョンのジェルラビも尻尾は食えたかもしれないけどな。

誰も試そうともしなかった。そもそも鑑定すらしたやつが出たことがないんだ。

「このフロアの入り口にあった看板――覚えているか？」

ふいに、サリトスがそんなことを口にする。

オレとディアリナは顔を見合わせあったあとで、うなずいた。

「『ここから始まる最初の一歩は　新たなる常識と共に』だろ？」

「そうだ。これは、そういうコトなのではないのか？」

サリトスの言う『これ』が何を指してるのかわからず、オレは首を傾げる。

ここは、サリトス語翻訳家のディアリナ嬢ちゃんに期待したいところだ。

「モンスターを鑑定するってコトかい？」

「いや、それを含めてモンスターに興味を持つコト……だな」

「モンスターへの興味？」

ディアリナが問い返すと、サリトスは一度うなずいてから、左手で自分の首を撫でる。

サリトスは少し考えてから答えた。

「モンスターの倒し方は、ある程度皆が考える。だがモンスターが食べられる。何らかの素材になる。そういうコトを考えたコトのある者はいるか？」

「なるほどな……」

オレもサリトスの言いたいことを理解した。

そんなことを考えている探索者《シーカー》は――この世界の人間には、ほとんどいないだろう。

ゼロではなかったかもしれない。

だけど、ダンジョン攻略に関係がない話であれば、興味を持たれることはなく、そのまま埋もれちまってることとだろう。

「ダンジョンは……ゲルダ・ヌアからのメッセージ……。俺はその言葉が、ずっと気になっているんだ。だから俺はこのダンジョンの攻略の傍らで、そのコトについて考えたいとは思ってる」

「いいんじゃないのかい。何の目的もなく延々と潜るよりは、ずっといいさね」

「そうだな。手伝えるコトがあるなら言ってくれよ旦那」

そういえば……どうしてダンジョンに潜るのか——そんなコト、考えたこともなかったな。

オレもなんか考えておくかね。

そうして、今後の方針がある程度定まったオレたちは、再びフロア2を歩き始める。

「ん……？」

途中、ディアリナが鼻をひくつかせながら、周囲を見回し始めた。

「どうしたんだい、嬢ちゃん？」

「変な匂いが——いやどちらかというと、腹の減りそうな匂いが……」

オレとサリトスは、ディアリナの言葉に訝しみながら周囲を見渡す。

だが、怪しいところはないし、ディアリナの言う匂いもよくわからない。

深緑と土の匂い以外は特に感じられないんだが……

「あっちの通路から漂ってくる気がするね」

オレはサリトスに視線を向け、どうすると目で訊ねる。

こちらの意図を理解できたのだろう。サリトスは一つうなずく。

「なら、そちらへと行くとしよう。フレッド、離れすぎずに先行してくれ」

「了解した」

さてさて、オレの出番ですよっと。

オレはサリトスたちがギリギリでフォロー可能な範囲の距離を先に進む。

途中で通路が直角に曲がっていたので、そこで待機。

二人がオレに追いついたら、再び同じ距離で先行する。

部屋の前まで来たら、可能な限り茂み側に寄って周囲を見渡す。

確かに、何か腹が減るような匂いが漂ってはいるんだが……。

この部屋はここ以外に出入り口はなさそうだ。やばそうなら速攻で逃げるとしよう。

「ふーん♪　ふーん♪　ふーん♪」

耳を澄ますとご機嫌な鼻歌が聞こえてくる。

それの聞こえた方へと視線を巡らすと、なぜかそこに屋台があった。

「とんとんとんこつ♪　とんとことんこつ♪　至高のとんこつ～♪」

歌いながら、寸胴鍋をかき回しているのは……豚魔人《オーク》だった。

ダンジョンの外のオークなら殲滅《せんめつ》しないと周辺の村が危険だが、ダンジョンのオークは手強いだけって救いはある。

外のオークの生態を思えば、ダンジョンのオークの方が数倍マシだろうよ。特に女からするとな。

腹は出てるが、ガタイは良い。

そんな豚顔の魔人が身に纏《まと》っているのは、どうにも奇妙な格好だった。

清潔そうな白い上着は、襟がしっかりとしていて、パリっとした印象を受ける長袖。下は上等そうな黒いズボンだ。

小綺麗《こぎれい》なオークってだけで違和感がハンパないのに、奴はその上着の袖をまくり、黒いシンプルな膝丈エプロンをつけ、鼻歌交じりに鍋の様子をみていた。

そんなオークが動きをピタリと止めて、こちらに視線を向けてくる。

「ふむ……そこの斥候さん。腕は悪くないようですが、気配の消し方がまだまだですね。身体を動かすときまで気を使っているのは及第点ですが、無意識な身じろぎのとき、気配がブレていますよ」

――まじかよ。

気配を消すのに自信はあったし、ここはそれなりに距離があったつもりだが、バレバレだったらしい。

それに、オークらしからぬ知性の高さ。

迂闊なことはできない。

「出てくる気がないのでしたら、出てこなくて構いませんよ。そちらから仕掛けてこない限り、こちらは手を出す気はありませんので」

オークは一方的にそう告げると、再び鼻歌を再開する。

どうする……？　どうすればいい……？

オレの戸惑いに気づいたのだろう。

サリトスが後方で手招きをする。

僅かに逡巡したが、オレは素直に引き返しサリトスたちと合流した。

そして、見たものと感じたことを二人に説明する。

「確かな知性を感じ、向こうは仕掛けてこなければ手を出すコトはないと言ったのだな？」

「ああ。どうする、旦那？」

「どうもこうもないだろう」

サリトスは軽い調子でそう告げると、スタスタと廊下を歩いてオークのいる部屋へと入っていく。

「ちょ、おいッ！　旦那ァッ⁉」

「あーッ、もうッ！　あいつまた自分の考えに自分だけ納得して動くんだからッ！」

オレとディアリナの気など知らないように、サリトスは部屋に入るとオークに向けて軽く手をあげ、挨拶をする。

「失礼する」

それに、オークは笑いながら挨拶を返してくる。

「失礼だなんてコトはないですよ。ここはダンジョン。ここは私の部屋というワケでもありませんしね」

朗らかな笑みを浮かべるオークに、サリトスも穏やかな笑みを返した。

「ここが貴方の部屋ではないというのであれば、貴方がここで何をしているかをお訊ねしても？」

「見てのとおり、スープを作っているのですが？」

そこが一番意味不明なんだけどなッ！

思わず叫びそうになったが、サリトスが上手いこと会話をしているんで、オレとディアリナはちょっと黙ってることにする。

「なぜスープを作っているのだろうか？」

「そうですね……確かに疑問に思うコトでしょう」

サリトスへうなずき、オークは作業の手を止め、屋台の外へと出てきた。

「まずは自己紹介を」

そうして、オークらしからぬ一礼をして、自身を示した。

「見てのとおりオークではありますが、主より名を与えられたオークでございます。主より賜った名は、セブンス。セブンス・チャイルズマンと申します。以後お見知りおきを、探索者《シーカー》の皆様」

「これは丁寧にすまない。俺はサリトス。あちらはディアリナとフレッドだ。よろしく頼む」

サリトスに紹介され、勢いで軽く会釈をしてしまう。

なんか、調子狂ってくるな……。

ディアリナもオレと似たような顔をしてるしよ。

挨拶を終えると、オーク――セブンスは屋台の中へと戻っていく。

「我々ネームドと呼ばれるモンスターは、我らに名を与える主の能力が高ければ高いほど、強くなれます。さらには強さに比例して知性も高まるのです。加えて主によっては、ネームド限定の特殊固有《ユニーク》ルーマを与えるコトも可能なのです」

またとんでもないネタが落ちてきやがった。

ここのダンジョンマスターであるアユムは、神の一柱扱いされてるんだぞ。

セブンスも絶対何かしらのルーマを与えられてるだろ。

「そして、私が主より与えられたルーマは――いわゆる、マスタリー系でございます。その名も――」

やっぱりかッ！

こいつ……いったいどんなルーマを……？

思わずオレは身構える。横にいるディアリナもだ。

「【至高のとんこつスープマスタリー】です」

「…………」

「…………」

オレとディアリナは固まった。

……スープマスタリー……？

スープでどうやって戦うんだ？

いやそもそも、スープマスタリーってなんだよ!!

「それはいったいどのようなルーマなんだ、セブンス？」

「その名前のとおり、とんこつスープというスープを美味しく作れるルーマですよ。ただ極上のスープを作れるだけでなく、そのスープを用いた料理であれば、味の次元を高められる能力です」

まじでスープを作る腕があがるだけの能力かよッ！

あと、何でサリトスはこの状況に動じてないんだよッ！

「とんこつスープというのは何だ？」

「トンとは豚のコト。いわゆる動物の豚から、ダンジョン豚であるブートン。それと一応、我らオークも含まれますかね。コツとは骨。すなわち、豚の骨を砕き、そこから味を絞り出して作るスープのコトです」

「骨から作るスープか……味が想像できないが」

「でしたら是非、味わっていってください。本来はお金を取りますが、今回はサービスしますよ」

そうして、屋台の前にある椅子へと座るように促される。

サリトスは気にせずそこへ腰掛けるので、オレとディアリナも、とりあえずは素直に座った。

「旦那……いいのか、流れに乗ったままで？」

オレが訊ねると、サリトスは首肯する。

「問題ないと判断した。セブンスはこちらに危害を加える気はなさそうだしな。それに――」

「それに？」

「ルーマによって腕が上昇している者の作るスープというのが気になった」

「こりゃ、本音はこっちさね」

ディアリナが苦い笑みを浮かべて肩を竦めた。

まぁ、それを言うと、オレも気にならないワケじゃないけどな。

「さて、皆様にお出しする前に、最後の味見を――」

鍋からおたま《レードル》で白濁色のスープを掬い、小皿に垂らすと、セブンスはそれを啜《すす》って見せる。

「ああ――我ながら最高のデキです。あまりの美味しさに、精神が気持ちよく迷神の沼へと溶け込んでいくかのようだ……ッ！」

自画自賛にしてもちょっと盛りすぎじゃないか？

オレがそう思った矢先――セブンスはガフッと大きく咽《む》せるとグラリと身体を揺らし、地面に膝を突いた。

口の端から泡をだし、身体を震わせ、瞳もなにやら白目になりながらも、こちらへとサムズアップしてくる。

「めっちゃ……美味……ッ！」

そして幸せそうな顔をしたまま地面に倒れ伏すセブンスに――

「「そのスープッ、絶対やばいモン入ってるだろッ‼」」

オレとディアリナの叫びが唱和した。

13　『フレッド：とんこつモンスター』

「いやはや……お見苦しいところをお見せしました」

口の端についた泡を拭いながら、セブンスは丁寧に頭を下げる。

「私、アレルギー体質というやつでして」

「あれるぎー？」

聞き慣れない言葉に、オレたちは首を傾げると、セブンスは首肯してから、説明をしてくれる。

「私も主から説明されただけで詳しくはわかっていないのですが――簡単に言ってしまえば、ふつうの人にはなんてことのない物質が、その人にとっては猛毒として作用してしまう病気だそうです」

言われた説明がピンとこなくて、オレが眉を顰めていると、セブンスは笑って補足をした。

「皆さんは豚肉――美味しく食べられますでしょう？　オークにとっても豚肉はふつうに食べられるお肉です。ですが、私は――私にとって豚肉や豚の骨などが猛毒として作用してしまうのです」

「なんで、そんな体質なのにとんこつスープなんて作っているのだ？」

サリトスのもっともな質問に、セブンスは誇らしげな笑みを浮かべた。

「むろん、主より賜ったからですよ」

「そもそもそんな体質のやつに、そんなルーマ与えるアユムは邪神の類なんじゃ……」

ディアリナがうめくように呟くと、それが聞こえたらしいセブンスは首を横に振って否定する。

「いえ、私が豚アレルギーだったのは、主もご存じなかったし、私自身も気づいていないコトでしたから。ルーマの変更も可能だとはおっしゃっておりましたけどね……私はこれで良いと受け入れたのです」

そうして、誇らしくも愛おしげな顔で、セブンスは手元のスープをくいっと呷り、また――倒れた。


「いやぁお恥ずかしい。お見苦しいところをお見せしました」

口の端についた泡を拭いながら、セブンスは丁寧に頭を下げる。

さっき、まったく同じ光景を見たのは気のせいじゃないはずだ。

「私、アレルギー体質というやつでして」

「それはもう聞いたから」

「おや？　そうでしたか。いやはや、倒れると記憶が曖昧になっていけませんね」

ほっほっほ……と朗らかに笑うのがむしろ怖い。

「ところで、とんこつスープ。ご興味ありませんか？　普段でしたら、一杯千ドゥース頂いているところですが、皆様は最初のお客様。一杯ずつサービスいたしますよ」

セブンスの提案に、オレたちは顔を見合わせた。

気になるかならないか——で言えば、気になる。

それに、ダンジョンの中では食事らしい食事は、携帯保存食だけだ。

堅くて味気の無いパンと、堅くて塩辛い干し肉を、水で流し込むようなあれを食事といっていいか微妙なところだが。

しっかりとした——しかも温かい食事をダンジョンの中でできるっていうのは、確かに魅力的ではあるんだが……。

ちらり——と、横を見るとディアリナもオレと似たような表情を浮かべている。

おそらくは迷っているのだろう。

値段は問題じゃない。

ちょっと気取った昼飯とかなら、だいたいそのくらいの値段だ。

ここがダンジョンの中だと思えば、貴重な温かいメシをその値段で食えるというのは悪くない。

問題は、セブンスをどこまで信用できるか——

「ふむ。セブンス、一杯くれ」

「はい。かしこまりました」

オレとディアリナが悩んでいる横で、サリトスがふつうに注文する。思わずそちらへと視線を向けると——

「わざわざ毒の入った料理を口にして目の前で倒れてみせてまで、俺たちに毒を食わせる理由がない。付け加えるなら、俺はセブンスを通してアユムを信じるコトにした」

言われてみればそのとおりか。

オレとディアリナもサリトスの言葉に納得して、それぞれにスープを注文することにした。

「ありがとうございます。では、とんこつスープを使って作った料理……とんこつラーメンを三つ。すぐにお出ししますからね」

言うなり、セブンスは大きな器を三つ用意した。

それから取っ手つきの縦長なザルの中に麺らしきものを入れて、沸騰した湯の張ってある鍋の中へと沈める。

麺を湯に通している間に、器へ白濁色のスープを注ぐ。

茹《ゆ》で上《あ》がった麺を取り出すと、派手に湯を切って、器へと静かに落とし、その上に、細かく刻んだネギ、黒い何か、おそらくゆで卵だと思われる茶色い卵、スライスした肉をのせた。

淀《よど》みなく流れるような動きでそこまで完成させると、オレたちの前にその器を置いていく。

出来立て熱々のメシが、ダンジョンで食える――その事実に、オレは思わず喉を鳴らした。

「ベーシュ諸島で使われるハシというカトラリーは使えますか？」

「ああ。オレは使える」

そう答えると、セブンスはハシを手渡してくる。

「あたしは使ったコトないな。そもそもベーシュ諸島のダンジョンには挑んだコトないしね」

「俺もない。すまないが、それ以外のものがあれば助かるんだが」

「もちろん。ございますよ」

セブンスは二人に愛想よく笑うと、フォークを差し出した。

「それから、これがこの料理——ラーメンを食べるときに使う専用のスプーン。レンゲです」

渡されたのは掬い口が広い白いスプーンだった。

オレたち三人は、食神《しょくしん》クッタ・ベルタへの祈りを捧《ささ》げると、レンゲでスープを掬い、恐る恐る口に運ぶ。

スープは甘かった。いやしょっぱくもある。どちらかといえばしょっぱいんだが、強い甘みも感じるんだ。

この甘みは肉の甘み——いや、肉の脂の甘みだろう。

うまい。うまいって言葉で表現していいのかわからないくらいうまい。

「ベーシュ諸島の伝統食、ベーシュ麺を食べたコトがあるのでしたら、同じように豪快に啜ってどうぞ。ご存じない二人は、こうレンゲの上で、フォークをくるくると回しまして……」

セブンスから食べ方の説明を受けている二人を横目に、オレはハシで麺を摑み持ち上げる。

まっすぐに伸びた細い麺に、ふーふーと息を吹きかけてから、口に運ぶ。

ずぞぞ——っと音を立てながら啜ると、麺に絡んだスープ共々口の中へと飛び込んでくる。

細いながらもプリプリとした歯ごたえのある麺が、口の中で弾《はじ》けた。

茶色い卵はやっぱりゆで卵だったらしい。だが、ハシで切ってみると、中からとろりと黄身が垂れる。

半分に割ったゆで卵を口に運ぶと、染み込ませているらしい調味料の味と卵の風味が混ざり合う。

そこにこのスープが加わって、味が深まっていく。

肉もやばい。

卵と同じ調味料を染み込ませているらしいこの肉は、ハシで摑みあげると繊維がほどけてしまうほどに柔らかくなっている。

舌の上でとろけるような肉を堪能《たんのう》しながら、麵を啜れば、得も言えない気分になっていく。

糸状の黒いものは、単体ではほとんど味はしないが、麵とは違うコリコリとした歯ごたえで、これもスープと一緒に食すと、麵とは違う味わいが広がっていった。

気がつけば、麵も具も一気に食べきっていた。

あとは器に口をつけスープを頂こうかと思ったときだ――

「ああ、フレッドさん。少々お待ちを。スープは残しておいてください。替え玉を百ドゥースでお出ししますよ。今日は一回目はサービスです」

そう言うなり、セブンスはオレの器の中に麵を放り込んできた。

「おいおい。おかわりが百ドゥースでいいのかよ？」

「ええ。あくまで、麵だけですけどね」

笑いながらうなずき、セブンスはさらに小さな容器をいくつか出してきた。

「それぞれ紅ショウガと、辛子タカナ、すり胡麻《ごま》、おろしニンニクというものです。お好みでどうぞ。ただ、辛子タカナはタカナという野菜を香辛料で漬け込んだ辛味の強いモノです。ニンニクはちょっと匂いが残りますので、どちらも入れすぎ注意です」

あんまり食いすぎるとダンジョン探索に支障がでそうなのは理解していたものの、うまいモンの誘惑に耐えきれなかったオレたちは、有料の替え玉も数回くりかえし、その味を堪能しまくった。


食べ終わった後に差し出された冷たい水で、一息ついたあと、オレはセブンスに訊ねる。

「いつもここにいるのか？」

「いえ、ダンジョン内を気まぐれに巡っております。また出会うコトがあったらよろしくお願いしますよ」

「こちらこそよろしく頼みたいくらいだよ。ダンジョンでこんな美味しいモノにありつけるのはありがたいしね」

「ありがとうございます。でも次からはちゃんとお代は頂きますよ？」

セブンスに対して、もちろんとうなずくと、ディアリナは立ち上がった。

「さて、お腹《なか》も一杯になったし、続きもがんばろうかね」

「おう」

やる気に満ちたディアリナに、オレもうなずいて立ち上がる。

だが、一人だけ立ち上がらない奴がいた。

「サリトス？」

旦那はなぜか空になった器——どんぶりっていうらしい——に目を落としたまま、真剣な顔をしている。

左手で首を撫でながら考え事をしている横顔は、ダンジョンの仕掛けを解く為に頭を回転させているときの表情そのものだ。

「どうしたんだよ、旦那？」

「ん……いや、な……」

顔をあげ、どこかバツが悪そうに、歯切れ悪く言葉を紡ぐ。

軽く首を撫でながら、意を決するように、サリトスは言った。

「……これは、このダンジョンでしか食べられないのか、と思ってな……」

「そうさねぇ……しかも、必ず会えるかもわからないワケだしねぇ……」

「そう言われるとまぁ残念だわな」

深く深く嘆息して、物憂げな顔で何を言い出すのかと思えばこれだった。

いやまぁ、オレとディアリナもうなずきはするけれども。

「完全再現できなくてもいい……だがこの味を、好きなときに食べたいと思うのは悪だろうか……」

「作り方がわからないだろうに」

サリトスを慰めるように言いながら、ディアリナはちらりとセブンスを見る。

オークの店主はその顔に笑顔を浮かべたまま、首を横に振った。

まぁ、そうだよな。

こんなうまいモンのレシピを簡単に教えてくれるわけがない。

それに——

「よしんば作り方がわかっても、広まるかどうかが怪しいんだよな」

貴族や商人以外で、ダンジョンに関わらないモノを広げようとか、研究しようって奴は少ない。

探索者《シーカー》向けの宿屋なども、料理にチカラを入れてるところってのはあまり多くない。

メシがうまいかどうかよりも、ダンジョンに近いかどうかの方を重要視する奴らばかりだ。

……そう思うと、そんな連中がセブンスのとんこつラーメンを食うなんて、許せない気がしてくるが。

「いや、作り方がわかれば問題ないぞ。俺は貴族や商人を通して広めるつもりだしな」

「旦那は貴族や商人にツテがあるのか」

「それなりにな」

こともなげにうなずく様子から、見栄《みえ》でもなんでもなく、本当にツテがあるのだとわかる。

探索者《シーカー》ってわりと商人や貴族を嫌うから、意外っちゃ意外だ。

かく言うオレもペルエール王国内だとツテは微妙だが、別の国にゃ多少あるけどな。

そういう意味じゃ、ほんとサリトスと出会えてよかったと思うぜ。

「まぁツテがあっても、結局のところ作り方がわからないんじゃ意味がないだろう？」

「ディアリナ……身も蓋もないコトを言わないでくれ……」

「身と蓋があっても味がしないんじゃ意味のない話をしてるのはサリトスだろうに」

そりゃそうだ――とオレも苦笑して、ディアリナにうなずく。

オレたちがそんなやりとりをしていると、セブンスが笑いながら一冊の本を渡してきた。

「ほっほっほ。楽しそうにお喋《しゃべ》りなさってる皆さんに、プレゼントですよ」

青いカバーに大きく星が描かれている表紙の本だ。

「これは？」

「ルーマで鑑定なさってください」

言われるがままに、オレは鑑定のルーマを使う。

《青い星の本　稀少度☆☆☆☆》
　正体不明品。
　真の姿を見るには、スペクタクルズが十個必要なようだ。

「――ちょっとスペクタクルズの必要数が多すぎやしないか？」

思わずオレがうめくと、セブンスは相変わらずの朗らかな笑顔を浮かべて告げた。

「別にダンジョンの探索に役立つものではありませんからね。外へと持ち出し、陽光に当てて正体を見るのが一番だと思いますよ」

そういう形の彫刻か何かのように開くことのないその本をしばらく眺めていたサリトスが、何かに気づいたのか、顔をあげた。

「……なるほど、そういうコトか」

「スープじゃないですけどね」

サリトスの気づきを肯定するように、笑顔のセブンスがうなずく。

「貴重品、感謝する」

「どう使うかは皆さんの自由ですが……是非とも意義ある使い方になるよう祈っておきます」

なんかよくわからないが、サリトスとセブンスには通じ合うものがあったらしい。

サリトスは丁寧にその本をしまうと、ようやく腰掛けから立ち上がる。

「すまない二人とも。行こう」

「結果的に本をもらえたんだ。いいじゃないか」

「その本の正体を知る為にも、脱出しないとな」

言外に気にするなと、オレとディアリナが告げると、サリトスは小さくふっと笑った。

「世話になったセブンス」

「いえいえ。是非またダンジョンで会える日を楽しみにしております」

「ああ」

「またなー」

「ご馳走《ちそう》さん」

オレたちは三者三様に挨拶をする。

そうしてオレたちは、探索を再開するのだった。

14　スケスケボディのイカスやつ

「ミツ。セブンスが戻ってきたら作ってもらえるんだから、モニターを羨ましそうにガン見すんな」

実際はいつものクールな表情のはずなのに、なぜか口の端から涎《よだれ》を垂らし、指をくわえているかのように幻視《み》えるミツに、俺は苦笑する。

サリトスたちがセブンスに振る舞われているラーメンが、よっぽど気になるらしい。

俺はその間に、魔本《タブレット》から、名持固有種《ネームドユニーク》の作成アプリを起動する。

セブンスは想定外の病気持ちではあったものの、作りたかったネームドとしてはおおむね完璧なデキだった。

本人にやる気があるので、とりあえず様子見するけど、味見するたびに倒れられるのはちょっと心臓に悪いんだよなぁ……。

まぁセブンスの件は、置いておこう。

今回、俺が欲しいのは、ダンジョンを徘徊《はいかい》する商人だ。

ただこの世界の商人は金にうるさい腹黒という先入観をもたれているそうなので、そのあたりを解消するべく、腹が割れてるか、見えてるようなのが好ましい。

そんなワケで、個人的にはゾンビかスケルトンをベースにしようかなと思っているわけだ。

ゾンビだったら腹が割れて内臓見えてても問題ないから、黒くないことを証明できる。

スケルトンなんて、あまりの腹の綺麗《きれい》さに、反対側が見通せるんだぜ？

探索者《シーカー》たちに『そういう意味じゃねーよッ！』とツッコミを入れてもらえるのを期待しつつ、作成していくことにする。

んー……まぁ臭いとか考えると、やっぱスケルトンがいいかな。ゾンビよりは臭いしないだろ。

そう考えて、魔本《タブレット》を弄っていくと、見慣れないテキストが表示された。

「ん？」

セブンスのときにはなかったものだ。

ボディのベースや、人格のベースの設定……？

よくわからないから、ミツにでも聞いてみよう。

「おーい、ミツ～？」

しかし、御使い様の反応はない。

ガツガツとラーメンを貪ってるサリトスたちから目が離せないらしい。

どんだけ食いたいんだよ。

「おーい、ミツ～？」

やっぱり反応がない。

俺はつかつかとミツに歩みより、そのほっぺたに手を伸ばす。

「おーい、ミツ～？」

そして、人差し指でつついた。

つん――

おお！　ほっぺた柔らかいな。

……って、一回じゃ反応しないのか……？

つんつん――と数度突くと、

「ひゃう⁉」

びくぅッ！　とようやく身体を反応させて、ミツがこちらを見上げてくる。

「い、いきなり何をするんですかアユム様⁉」

「いや呼んでるのに返事しないからさ」

どんだけ、ラーメン見るのに意識のリソース割いてたんだか……。

「そ、それは申し訳ありません。何のご用でしょうか？」

「ネームドのスケルトンを作ろうと思ったんだけどな。見慣れないテキストが出てきたから、なんなのかなーって」

「どんなテキストですか？」

ミツに画面を見せると、納得したような顔でうなずいた。

「ゾンビやスケルトン、レイスなどなど……そういうアンデッド系のモンスターというのはですね、二種類に分類されるのですよ」

「二種類？」

「説明しやすくする為に、雑に名前を付けるとしたら、先天性アンデッドと、後天性アンデッド……でしょうか」

ピンとこなくて、俺が首を傾げると、ピッと人差し指を立てながらミツが説明を続けてくれる。

「要するに、生まれたときから『ゾンビ』や『スケルトン』という生粋のモンスターなのか、元々は人間だったりふつうのモンスターだったりした存在が恨《うら》みやら呪いやらでアンデッド化してしまったのか――という二つです」

「ああ、なるほど。つまり、ボディベースというのは、死んだ人間の身体を使うかどうか。人格ベースってのは、その身体に死者の人格を乗せるかどうかって話か」

「はい。その認識であっております」

「でもさー……ボディはともかく、人格ベースって怨念詰まってるから、命令無視して襲われそうな気がするぞ？」

「はい。そのとおりです。なので取り扱いにはご注意を。一応、ボディベースや人格ベースは条件による絞り込みとかもできますよ？」

失礼しますね――とミツは横から魔本《タブレット》をのぞき込み、ちょいちょいと触って、絞り込み画面を呼び出す。

そのときに、ミツの身体がかなり密着した。

女の子の身体って相変わらず柔らかい……。

なんだか、ドキドキしてしまう。

生前、彼女いたのにね、俺！

……いや、いたから別の女の子に密着されるとドキドキするのか？

……つまりは、これ——背徳感が、プラスされてるのか……？

「アユム様？　どうされました？」

「いや、何でもない。何でもないぞ」

ちょっと上擦った声で返答してしまい、ミツは首を傾げた。

だけど、特に追及する気はないらしい。そういうの、とても助かる。

「さて、絞り込み絞り込みっと」

気持ちを切り替える為にそう口に出して、俺は魔本《タブレット》に視線を落とす。

「……あ、これってさ、後天性アンデッドベースの場合って、恨《うら》み辛《つら》み持ってる奴しかいないの？」

「いえ、そういうのは大丈夫です。主の権能の範囲で、そうじゃない死者も召喚できますので」

「結構、エグくないかそれ」

生前、何の未練もなく死んだのにアンデッドとして蘇生されるとか、どう考えても初期忠誠心低いだろ。

「あー……いや、待てよ。アンデッドでも構わないし、俺に協力するのも問題ない——って言ってくれる奴がいるなら、問題ないのか」

そういう条件設定はできるかな――といじっていると、何とか成功した。

そして、個人的に興味が引かれた一人に、メールを送る。

いや、実際はメールじゃないのかもしれないけど、条件に引っかかった死者とのやりとりのノリが、ほぼメールなんだよ、これ。

ともかく、その生前は商人だったという男とのやりとりをしていると、おもしろそうだと好感触な返答が来た。

さらに、やりとりを進めていくと、可能な限り条件を満たしてくれると嬉しい――という内容で、一つ以上満たせるならやらせてほしいとレスが来る。

「ふむ。ボディベースと、さらに自分の人格をベースにしつつ加えてほしいアレンジ、さらにさらに装備に条件あり――か」

「なかなか厳しい条件を出してくる方ですね」

「そうだな。だけど問題ない」

ふつうにがんばっているとハンパない消費ＤＰが必要な武器を欲しがっているけれど、今の俺には何の問題もないな。

全部の条件を満たしてやるぜッ！

頭部は人格ベースになっている商人（男）本人のもの。

ボディはなぜか女剣士のもので、左腕だけ、とある鍛冶師の腕だ。

服は和装。この世界のベーシュ諸島というところの服。

ベーシュ諸島っていうところは、どうにも和風な発展をしている土地のようで、そこで作られたという名刀・鬼殺しを装備させる。

そして、人格ベースのアレンジだけど、主人格は商人にしつつ、剣士と鍛冶師の人格もつけてほしいとの注文だ。

これも問題なさそうなので、ちょいちょいちょいっと。

ついでに、能力スペックもチート級。下手なコアモンスターも一撃レベル。

さらに、ユニークルーマも追加して……っと。

——というワケで、サクっと条件を満たし、色々能力設定して、実行ボタンをポチっとな。

すると、魔方陣が現れてその中に、設定どおりのスケルトンが一人現れる。

「……まさか、すべての条件を満たして召喚していただけるとは、思ってもおりませんでした」

「そんな難しいコトじゃないからな」

「アユム様はとてもすごいダンジョンマスターですので」

俺の横でミツが自慢げに胸を張る。

なんとなくこそばゆいが、敢えて聞き流して、俺はスケルトンに訊ねる。

「生前に名はあったんだろう？　名付けるならそちらの方がいいか？」

「いえ——この身はすでに人でなし。異質なる髑髏《しゃれこうべ》に相応しき名を頂ければ、と」

「そうか。男性名と女性名の希望はあるか？」

「可能ならば、男性名でお願いいたします」

なら、男性名がいいな。

ダンジョン内を徘徊する商人をしてもらうつもりだから、見た目のわりには親しみやすい名前がいいと思うんだ。

あと、和風なベーシュ諸島生まれなら、そっち方面の名前がいいと思うし。

それでいてスケルトンらしい名前で——せっかくだから、最初に考えたボケも考慮して。

となると——

「透助《スケスケ》だな。ある意味、相応しい名前だろう？」

「ええ。何より、助《すけ》であって平《たいら》でないのが良いです。冗談でもそちらを採用していたら、女剣士の人格へと切り替え抜刀しておりました」

「ははは、さすがにそれはないさ」

一瞬、透平《スケベイ》も脳裏に過ぎってたからな……危機一髪だった。

こんな理由で、命の危険に晒されるとか我ながらアホすぎるだろ……。

「一応、さっきのやりとりのときに書いたけど、スケスケにしてもらいたいのは、ダンジョン内を歩いてもらって、探索者《シーカー》たち相手に商売をしてほしいんだ」

「それで、このユニークルーマを頂いたのですね」

「ま、そういうコトだ」

納得した様子のスケスケに俺が首肯する。

その横でミツが何やらいつものクールな顔に不満を滲ませていた。

「どうしたミツ？」

「なんだか私だけ蚊帳の外のようで……」

「ははは、愛らしい御使い様でありますな」

「ああ、かわいいのは確かだ」

俺とスケスケが笑っていると、本格的にほっぺたを膨らまし始めたので、つついて口から空気を抜いてやる。

「ぷひゅ……ぁ、アユム様⁉」

羞恥と不満がごちゃ混ぜになった変な顔で睨《にら》んでくるミツに、俺は仕方がないと、頭を掻いた。

「サリトスたちの様子からみても、素材だけポンと渡したくらいじゃ、何かを作るという発想がでてこないみたいだからな。モンスターたちからドロップしたものを、お金ないし物へと交換できた方が良いかなと思ったんだ」

「それでしたら、わざわざ誰かが行商をするよりも、そういう施設を設置した方が良いのでは？」

「最初はそれでも良いのですけど、長い目で見るとそれでは意味がないのですよ、御使い様」

どうやら、スケスケは俺の意図を正確に理解してくれているようだ。

「ダンジョンに彷徨《さまよ》う商人一人。現状はそれで良いのです。施設を作ってしまえば、そこへ行けば良いとなってしまいます。我が主の考えは、『素材を売りたいが売る機会に巡り合えない』という状況を作り出すコトなのですから」

ですよね――と、顎をカクカク鳴らすスケスケに問われれば、そのとおりだと俺はうなずく。

「お金に換金できたり、物々交換で薬などに換えるコトができる素材を、邪魔だからと捨てづらいだろう？　だからといって、いつまでも保持できるものじゃない。機械系モンスターからのドロップ品ならともかく、生物系のやつは、身体の部位とかの方が多いからな」

「保存できない物が多いと、どうなるのですか？」

「別に難しい話じゃないさ。保存方法を模索したり、あるいはスケスケに会えずとも換金したり、物々交換したりするルールが生まれるかもしれないだろ？」

もちろん、保存の仕方は素材ごとに色々あるだろう。

そのあたりをちゃんと、研究してくれると嬉しいんだがなぁ……。

「そうすれば余った素材で何か作り出す者がでてくるかもしれません。あるいは、商人たちが新しい商売を始めるかもしれません。……で、あれば、神々の皆様のお考え――創造と発展の螺旋の一端を担うコトになりませんか？」

「……なるほど……」

まるで途方もない歴史の一端を聞かされたかのような呆けた表情で、ミツは吐息を漏らすような声でうなずいた。

生活がダンジョンに依存している世界というのは、この世界以外にもあるんだとは思う。

それでもそういう世界の多くは、ダンジョンの恩恵と自給自足のバランスが整っているはずなんだ。

だけどこの世界はとにかく、ダンジョンの恩恵が強すぎる。

ダンジョンに鉄を取ってくるのではなく、ダンジョンに剣をとりにいくのが当たり前の世界だ。レアドロップでもなんでもなく、ふつうに剣をドロップする。

だからこそ余計に、製造業が発達しない。

性能の差はあれど、ダンジョンからドロップした剣だけで、素人から玄人に至るまで、数多の剣士たちを賄えちまうんだから、足りない分を自分らで作ろうという発想にならない。

ただでさえそういう発想が弱い世界だ。

それじゃあ、発展しようがない。

さらに言えば、ミツやその上司である創造主も、そのことに気づいていない。

あるいは——どうやってもうまく行かないことが延々と続くことによる無自覚の思考の疲れが、無自覚な諦観を作りだし、慈悲が惰性になっているのかもしれない。

だけど、ここに俺がいる。

現地人にはサリトスのような連中がいる。

サリトスたちのような考えを持つ人が、商人や貴族に多いと聞いた。

なら、ダンジョンから出れない俺がするべきは、そういう連中へのこのダンジョンの特異性のプロモーション。

サリトスたちには悪いが、そういう人たちへの看板役になってもらいたいのだ。

「で、でもアユム様……その為にはもっと、このダンジョンに人が来てくれないといけないのでは？」

「もちろん。その為の餌だってちゃんと蒔いてあるさ」

モニターの方に視線をやれば、ラーメンを食べ終わって元気百倍になったサリトスたちが勢いよくフロア2を進んでいる。

この調子なら、あっという間にフロア2をクリアすることだろう。

「餌……ですか？」

首を傾げるミツに、俺は画面越しにディアリナを示して見せた。

「フレイムタン。この世界の連中が好きそうな装備だろう？」

「あ、確かにそうですね」

「探索者《シーカー》の皆様を呼び寄せる餌にするのでしたら、できれば似たようなものをもう一振り欲しいかもしれませんが」

スケスケの言葉に、俺は口の端をつり上げた。

「もちろん。考えてあるさ」

「おっと、差し出口でしたか」

「おもしろいアイデアなら歓迎するよ」

そう俺が笑ったとき、モニターでは一見何も無い壁のところでフレッドがしゃがみ込んだところだった。

15 『サリトス：秘密の花道』

フロア2の探索も、フロア1と大きくは変わらなかった。

セブンスのところで食事をした以外、特にこれといって変わったことはなく、順調に探索は進む。

ドロップするモンスターの部位は、持ちきれる範囲に絞り、酔いどれモモ肉と、ジェルラビの尻尾を優先していく。

途中、酔いどれムネ肉という素材もドロップした。

こちらは稀少度が☆3だったので、モモよりも手に入りにくいのだろう。

肉なのだから、モモ肉もムネ肉も大差ないだろうが、稀少度的にはこちらを優先したくなる。

また、探索中に踏むとどこからともなく木の矢が飛んでくるスイッチが地面に埋まっていることもあった。

最初は焦ったのだが、それを避けると近くの壁の跡にぶつかって地面に落ちたのを見、ディアリナが何かを閃いたらしい。

そして彼女は身体強化のルーマを使った状態で、スイッチを何度も踏むと、仕掛けによって自分の方へと飛んでくる矢を折らずにすべて受け止める。

そうして、手にした十五本ほどの矢の束をフレッドに手渡したのだ。

「ぶっとんだコト考えるなぁ嬢ちゃん。いやいや、ありがたいけれどもッ！」

「踏み続けたらモンスターみたいに黒い霧になって消えちまったのは残念だねぇ」

なんてことのないように肩を竦めて、ディアリナは名残惜しそうにその場を離れた。

確かに矢の補充は考えてなかったな。

道中、フレッドの弓矢があったから安全に進めてきているというのに。

これは謝罪して、気を改めるべきだろう。

「すまんなフレッド」

「何でいきなり謝ってきたんだ旦那？」

「いや、謝りたかったからなんだが？」

「そうかい――オレもだいぶ旦那の言動に馴れてきたぞ」

解せぬ。

フレッドまでディアリナのような言動をし始めた。

――ともあれ、探索は順調だ。

探索の途中で、巨大な古木の根本に口を開けたうろを見つけた。

中をのぞいてみれば、やはり階段があった。

「先に進むか？」

俺がディアリナとフレッドに訊ねる。

すると、ディアリナが自分の描いている地図を見せてきた。

地図の中の部屋の一つを指さして、ディアリナが告げる。

「まだ、この部屋のこっちの廊下の先を見てない。個人的には下に降りる前に見ておくべきだと思うね」

「オレも嬢ちゃんに賛成だ。まぁセブンスみたいなネームドがいるかも……って期待はちょびっとあるけどな」

「わかった。俺も異論はない。行ってみるとしよう」

そうして件《くだん》の廊下を進んでいくと、すぐに突き当たって左右に道が分かれた。

どっちを見てもだいたい同じくらいの距離のところで、折れ曲がっていく。

「こりゃ、どっちがいいって判断材料はないね」

「旦那、ノリで決めちまっていいと思うぞ」

「なら左だな」

二人は了解して、俺たちは左へ向かって歩き始める。

ある程度進むと見えていたとおり、廊下は右へと直角に曲がっている。

そのまま道なりに進んでいるとまた右へと直角に折れ曲がる。

さらにそのまま進むと、またも右へと直角へ折れ曲がる。

さらにさらに進むと、またもや右へと直角に折れ曲がってるので——

「一周したか」

「そうみたいだね」

俺の言葉に、ディアリナが道を木札に書き加えながらうなずく。

「ちょっとした部屋の外周くらいの距離はあるのか」

「正確に測ってるわけじゃないから、目算だけどね」

地図を横からのぞき込むフレッドに、ディアリナが補足するように答える。

「何もないなら仕方がないな。古木の部屋へ戻るとしよう」

「悪い旦那。ちょいと待ってくれ」

「どうしたフレッド？」

「もう一周してもいいか？　うまく説明できないんだが、何か引っかかってる」

フレッドの言葉に、俺はディアリナに視線を向けた。

彼女も問題ないようだ。

「かまわない。好きなだけ調べてくれ」

「ありがとよッ！　ほんと、最高の二人《なかま》だぜッ！」

嬉しそうに歩き始めるフレッドに、こちらも笑みがこぼれる。

確かにふつうの探索者《シーカー》であればそんな曖昧な言葉は、切り捨てられてしまうかもしれないしな。

もう一周し終えると、フレッドが頭をガリガリとかきむしる。

「クソッ、間違いなく何かある。そういう違和感があるのに正体がわからねぇ」

「もう一周するか？」

「……いいのか旦那？」

「好きなだけ調べろと言っただろう。フレッドが満足行くまでつきあうぞ」

そうだろう？　とディアリナに問えば、彼女も軽い調子で首肯した。

そんな俺とディアリナの言葉に、フレッドはふーっと息を吐き出す。

「ありがとな。悪いんだけど、もう一周頼むわ」

どこか肩の力の抜けた顔でそう告げるフレッドに、俺とディアリナはもちろん——と、うなずいた。


「ここだ……」

ようやく見つけた——と、フレッドが笑う。

フレッドがしゃがみ込んだ場所を俺も見るが、小さな赤い花が群生している以外に見るべき場所はない。その花だって、この廊下には何ヵ所もそういう場所があったので、変わった様子にはみえないが——

「ここに何かあるのかい？」

ディアリナがフレッドに訊ねると、フレッドはやや興奮しながらうなずく。

「この廊下——こういう小さな花が群生してる箇所が何ヵ所もあった。だけど、ここ以外の花は全部黄色なんだよ。しかもこの場所は内側の壁だ。廊下に囲まれた不自然なスペースに、仲間外れの花の群れ。絶対なにかあるハズだ」

フレッドが小さな赤い花をかき分けると、そこに何かあったらしい。

「あったぜ旦那、嬢ちゃんッ！　赤い封石だッ！」

「すごいじゃないかフレッドッ！」

「ああ、よく気がついたッ！」

こんなところにある封石など、そうそう気づけるものではない。

フレッドがいなければ、俺とディアリナは気づかないまま次のフロアへ行っていたことだろう。

「フレッド。最初に封石に触れるといい。アユムのコトだ。ここで致死トラップを仕掛けるような嫌がらせはないだろう」

「……ああッ！」

フレッドが赤い封石に、自分の腕輪を当てる。

ややして、顔をあげたフレッドが笑い始めた。

「くくく、はっはっははははっは。こりゃすげぇッ！　祝福の花道ってやつか？」

俺とディアリナの目には、廊下に何も変化はない。

だが、フレッドは躊躇わずに、すぐそばの茂みの中へと足を踏み入れていく。

つまり、そこに何かが起きるのだろう。

「先に行け、ディアリナ」

「あいよ」

ディアリナも花に隠れた封石に触れる。

それから、フレッドが入っていった茂みのあたりを見、彼女も笑った。

「こりゃすごい。あたしにももっと乙女心ってやつがあったなら、ときめけたのかもねぇ」

言いながら、ディアリナも茂みに入っていく。

それを見送りながら、俺も花に隠れた封石に自分の腕輪を重ねた。

すると、二人が消えた茂みのあたりの草木がゆっくりと左右に分かれていく。

この廊下と同じくらいの道幅まで開くと、その隠し通路の床や壁の草花が一斉に開花していき、あっという間に、花吹雪の舞う春めいた姿へと変化した。

「なるほど。確かに乙女心があった方がときめけたかもしれないな」

花の壁に花の絨毯《じゅうたん》。

その中に、招かれるままに俺は足を踏み入れていく。

「乙女心なくとも、すごいと思える風景だと思うぞ」

「だからあたしもすごいって言っただろう？」

廊下にフレッドの姿はない。

おそらく先行して、軽く偵察でもしてくれているのだろう。

俺とディアリナは、ゆっくりとした足取りで花の廊下を進んでいく。

するとすぐに、フレッドが戻ってきた。

「道はぐるぐると渦を巻いた一本道だ。モンスターや罠の気配もない。一番奥——中心地点には、金色の箱があったぜ」

「中は見たかい？」

ディアリナの問いに、フレッドは首を横に振る。

「見くびるなって。明らかに良いもん入ってそうな箱だろ？　その辺の連中と組んでるときならいざ知らず、おまえらと組んでるときは感動の共有ってやつをしたいのさ」

「ならば急いで箱のところへ行こう。フレッドを我慢させるのもかわいそうだ」

「そうさね。行くとしようか」

俺とディアリナでフレッドの肩を叩いて、先へ進む。

少し遅れて、思い切り破顔したフレッドが、俺たちのあとを追いかけてきた。

「ふあー……本気で、キンピカじゃないか」

花道の最奥にあった宝箱は、金色――というよりも、本当に黄金でできたかのようなものだった。

中身に関係なく、この箱だけでも価値がありそうな代物だ。

「箱は……持って帰る手段がないか」

「次のフロアに一応出口はあるらしいが、どこにあるかわからない以上は難しいな……」

ディアリナの呟きに、俺が答える。

その間にフレッドは宝箱に近づいて、何やら地面の方を触っている。

「あー……持ち運ぶのはおそらく無理だなこりゃ。見た目は箱っぽいが、実際は縦長の柱みたいなもんだぞこれ。地中深くまで埋もれてる柱の頭が宝箱に見えてるってだけだ」

それでも、その箱部分の蓋には黒い封石が付けられている。

「素直に、封石に触れるか」

ディアリナとフレッドもうなずく。

そして、俺は封石に手を伸ばした。

赤と青は今まであったが、黒は初めてだ。

さて、どんな形で開くのか——

俺の腕輪と箱の封石が触れ合うと、蓋部分が溶けるように消滅した。

蓋が消えると、そこにあったのはシンプルな指輪だ。

手にとって鑑定のルーマを使ってみる。

《ダイヤモンドの指輪　稀少度☆☆☆☆☆》
正体不明品。
真の姿を見るには、スペクタクルズが十七個必要なようだ。

「ふむ」

一つうなずき、それをしまって振り返る。

二人にはこの光景がどう見えたのだろうか。

「基本は赤と同じっぽいね。サリトスが箱の蓋に手を突っ込んだように見えたよ」

すでに二人の間で順番を決めていたのだろう。

そう言いながら、ディアリナが箱の封石に触れた。

俺の目からは、箱の蓋はすでに開いて見えている。

だから、ディアリナは空の箱の中に手を伸ばしたように見えるのだが、そこから小振りの片手斧を取り出した。

《刃の潰れた片手斧　稀少度☆☆☆☆☆》
正体不明品。
真の姿を見るには、スペクタクルズが二十三個必要なようだ。

「稀少度が高いほど、必要なスペクタクルズの数が増えるのだろうか」

「おそらくそうだろうね。フレイムタンに比べてずいぶんと必要数が多いみたいだけど」

「それだけ正体は良いモンってコトだろうさ」

言いながら、フレッドも箱に手を伸ばす。

そうしてフレッドが取り出したのは、木でできた簡素な弓だった。

「お、弓だ。こいつは嬉しいね」

見た目はかなり質素ではあるが、正体不明品の場合は見た目どおりとは限らない。

《簡素な木製弓　稀少度☆☆☆☆☆》
正体不明品。
真の姿を見るには、スペクタクルズが二十八個必要なようだ。

「必要数おかしいだろ」

フレッドの口調はうんざりとした様子だが、顔には笑みが浮かんでいる。

稀少度の高さ、スペクタクルズの必要数からして、相当なシロモノだとわかるからだろう。

鑑定のルーマによる稀少度は☆5が最大だったはずだ。

フレイムタンの☆4ですらかなりのレアモノだったのだが、ここへきて☆5が三つも手に入った。

「ここまで来ると、意地でも脱出しないとならないな」

「本当にね」

「ああ、行こうぜ」

この花道で、フロア2はすべて回ったことになる。

俺たちは古木のうろまで戻ると、その階段の先にある魔方陣の上で、ネクストと呪文を唱えるのだった。

16　自覚無き諦観者

いやはや、ディアリナの木の矢回収は想定外だった。

イメージの元にしたゲームでは、そういうテクは確かにあったんだけれども。

ついでに、見つけてくれたらラッキー程度の気持ちで仕込んだ隠し通路も、フレッドがしっかり見つけてくれた。

元々そういうものを見つけるレベルが高かったんだろうけど、おそらくはサリトスやディアリナのような、自分の技量を信用し背中を押してくれる仲間と出会えたことが大きいんじゃないだろうか。

いいねいいね！　やっぱりあの三人は最高だわ。

「でも、あの報酬は少し高価すぎるのではないのですか？」

「僭越《せんえつ》ながら自分もそう思います」

ミツとスケスケには説明しておいてもいいか。

「それを説明する為には、まずあの黒い封石のついた宝箱の特徴を説明する必要があるな」

そう前置いて、俺は二人に向き直る。

「あの黒い封石のついた箱はな、☆３以上の装備確定ボックスだ。素材や薬などを除外した武具や装飾の、☆3以上がランダムで中に入っている。ちなみに、サリトスたちは気づかなかったみたいだけど、エントランスの腕輪の箱と同じように、時限復活機能がついててな。一度あけてから一週間後には中身が替わっている仕様だ。空っぽの場合は、中身は復活する」

「それはそれで豪気な気もいたしますが……」

「ランダムというコトは、あの三人はご自身の運で☆5の魔具を手に入れられたのですか？」

「いや。別にサリトスたちに限らず、最初にあそこにたどり着いたチームに対しては、☆5が確定するように設定してた」

ついでに補足すると、あの花道の宝箱は、フレイムタンのように呪文を唱えると特殊な効果を発揮する、『呪文効果つき魔具のピックアップボックス』だ。

呪文効果のついた魔具の出現率があがっている。

「主はなぜわざわざそのような設定を？」

「最初にゲットした連中に、このダンジョンを宣伝してほしかったからな」

欲を言えば隠し通路のことはボカして、このダンジョンで手に入れた――とだけ言って回ってくれると嬉しい。

「なるほど、理解しました」

ミツはポンっと手を打つ。

「最初にあの箱を見つけたチームは、今後も似たような箱に期待を寄せる。そして、箱からのアイテムを手にしたチームが無事に帰還し、手に入れたアイテムを自慢すれば、このダンジョンに挑戦する者が増える……」

「そういうコトだ。理想を言えば、そうして挑戦する奴らが、うちを普段の常識が通用しないところだと理解して、色々と頭を使ってくれるようになると嬉しい」

とにかく、創造主からの依頼をこなすには、ダンジョンを介して、現地人の意識改革をする必要がある。

サリトスたちがどれだけ優秀でも、この世界の住人なのだ。

だから彼らにも、この世界の常識が根底には存在している。

そこの認識を誤ると、サリトスたちすら先に進めない仕掛けなどを作ってしまいかねない。

魅力的な報酬と、がんばればギリギリで届く報酬ゲット条件――くらいのバランスで、仕掛けを構築していきたいところだ。

今回のフレッドみたいに、俺の想定を超えていく出来事も今後はあるかもしれないけれど、上方向に超えていってくれるなら大歓迎だ。

下から潜り込まれて超えていかれると、不貞寝するしかないけどな。

「個人的にはサリトスたちを楽しませる為の仕掛けを作っていくのをメインにするけど、仕事としてはこの世界の脳筋たちの意識改革をしないとダメなんだろ？　だからまぁ、サリトスたちが色々報酬を手に入れて一度帰還してくれれば、勝手に広報活動してくれるんじゃないかな、と」

「サリトス殿たちが、ダンジョンを独り占めする可能性は？」

「ない」

スケスケの疑問を俺はバッサリと切り捨てる。

「サリトスたちは、ギルドから依頼を受けてやってきていた。依頼である以上は報告の義務があるはずだ。報告に多少手を加えるかもしれないけどな。さらに言えば、エントランスでの王国兵とのやりとりから、依頼人はペルエール王国そのものだ。なら、探索者《シーカー》か王国兵——最低でもそのどちらかが、一定数挑戦してくるはずだからな」

ついでに言えば、王国兵がひっそり挑戦してても噂というのは隠せない。

いずれは探索者《シーカー》の耳に届き、王国が一般の挑戦を禁じても勝手に挑戦する奴が増えていくことだろう。

「なんとッ！　主はそこまでお考えでありましたかッ！」

「すごいですアユム様。どこまで先を読まれているのですか？」

なにやら賞賛してくるスケスケとミツに、ちょっと半眼になってしまう。

「あれ？　褒めているのですよ？」

「それはわかってるんだが……」

程度の差はあれ、やっぱ変なとこが考えなしなのは、この世界の住人っぽいなぁ——と、口には出さないけど。

指示や命令を出すとき、ちょっと気を付けた方がいいかもな。

「場当たり的な対処をしてても限界がくる。なら、事前に想定できる範囲で未来を想定し、その範囲であればどう転んでもよいように種を蒔いておくというのは、大事なコトだろ？　少なくとも、国王や領主、大店《おおだな》の店主とかは、そういう先読みと、先への対策の事前準備や根回しというのは常に求められるはずだ」

情報と状況っていうのは生き物だ。

常に成長し、あるいは退化し、あるいは進化し、あるいは暴走する。

それらの変化に常に注意を払い、事前に気づけた範囲、事後に対処できる範囲での最善手を打つ。

「俺自身、それをどこまで実践できているかわからないけれど、ダンマスとして仕事を引き受けた責任として、それらを自分のチカラの及ぶ範囲でやるべきだと思ってる」

そう告げると、なにやらミツはキラキラと瞳を輝かせてこちらを見てくる。

スケスケも同様だ。いや、こいつは目がないから双眸《そうぼう》たる空洞を向けてきてるだけだけど。うん。怖い。

「このスケスケ。生前はそれなりの商人と自負しておりましたが、主を見るとまだまだであったと実感いたしますな」

「そうですねぇ……もしかしたら、我々や主がしていたコトって、本当に場当たり的で無意味な対処だったのかもしれませんね……」

二人がしみじみと呟く言葉――特にミツに、俺は思うことがあり、彼女の頭に手をのせた。

「アユム様？」

「確かにそうだったかもしれないけどさ、少なくとも創造主やおまえたち御使いは、やれるコトをやってきたのは間違いないぞ」

ただ、長期にわたって状況は好転せず、むしろ悪化していっているだけだ。

「うまく行ってないのに腐らずやってきたコト、その行いは無駄だったかもしれないけれど、無価値じゃないはずだ」

そう。無価値であるはずがない。

なぜなら――

結果としてこの世界は滅びることはなく。

結果として、この世界に生きとし生けるものは、守られているのだから。

この結果を無価値だというのであれば、あまりにも救いがなさすぎる。

「ただな。おまえら御使いも、おまえの主もおそらくは疲れすぎている」

「我らに疲れという概念はないはずです……」

「そうだな。肉体的には疲れはないのかもしれないな。だけどな、精神や心も疲れるんだよ。うまいモノを食べて嬉しくなるような奴が、心を持ってないなんて言わせない。だから、少なくとも御使いの精神は疲弊するし、今は疲弊しきっていると判断する」

有無を言わせず、俺は告げる。

「だからこそ、人間の意識改革に関しては少しばかり俺に任せろ。その為に、創造主は俺をダンマスに転生させてまで依頼してきたんだろ？　御使いにも、創造主にも、必要な時がくればちゃんと頼る。おまえらが真価を発揮できる瞬間には絶対にお願いする」

言っていて気がついた。

創造主はメンタルが弱かったんじゃなくて、メンタルが弱っているんじゃないかって。

だとしたら、少しばかり、言い聞かせてやるのもいいかもしれない。

労《ねぎら》って、労《いたわ》って——休むことが悪いことじゃないんだって、言ってやるべきだろう。

「だから、休めるときに休め。疲れれば疲れるほど無自覚な諦観《ていかん》が意識に混じるぞ。疲れているから、無自覚の諦観に気づかない。気づかないから『仕方ない、これしかない』なんて感情で仕事をしちまうのさ。たぶん、この世界は途中からそういう諦観だけで維持されてきたところもあるんだろ？　だから、休め。休めるときにちゃんと休め。身体だけじゃない、心と頭も休めるんだ。この世界をどうしても守りたいと思っているのであれば、尚更だ。守る為に休め」

ミツだけでなく、創造主にも言い聞かせるように。

ミツの頭を撫でながら、ついつい偉そうなことを口にしてしまう。

でもなー……仕方ないだろ。

話を聞いてると、創造主って人間でいうとこの鬱ってやつに片足つっこんでそうだったしさ。

「あ、あれ……？」

すると、ミツの瞳から大粒の涙がポロポロとこぼれ始めてくる。

「わ、悪い……ミツ。別に俺は泣かせるつもりは……」

「いえ——いいえ、違います。違うの……です。これは私の涙ではなく、たぶん主の……。創造主の感情が私に流れて……きて……ふ……ひぅ……」

彼女は戸惑っているようだが、おそらくはミツの戸惑いを超える創造主の感情が流れてくるのだろう。

必死に涙を拭いながら、嗚咽《おえつ》を堪え始める。

だから、俺はそんなミツを抱きしめた。

「泣いとけ泣いとけ。ミツの感情であれ、創造主の感情であれ、神が泣けるときなんて滅多にないだろうからな。いつまでも上を向いて、涙を堪えてても限界ってのはあるもんさ。抑えきれなくなってあふれ出す前に、俯《うつむ》いて溜《た》まった涙《もん》を吐き出せるだけ吐き出しとけ。抑えきれなくなって発散するより、抑えられる程度であるうちに吐き出した方が、気持ちも落ち着くだろうさ」

抱きしめ、頭を撫でながらそう言うと、ミツは堰《せき》を切ったように泣き始める。

それがミツの涙なのか、創造主の涙なのかはわからない。

俺に必死にしがみつくように抱きつき、大声をあげて、恥も外聞も気にしないかのように泣きじゃくる。

それを見ていたスケスケも茶化してくるようなことはしない。

音を立てないように席を立つと、そのままこちらに会釈をして管理室から出ていく。

いつの間にやら戻ってきていたセブンスも管理室の扉を開けるなり、状況に気づいて、軽く手をあげる挨拶だけして、中には入らず離れていった。

この日、この時、この瞬間――この世界アルク・オールでは、過去から見ても、今後の未来を見ても、歴史的に類を見ないほどの豪雨が降り注いだ。

その雨はどこか局地的に発生するものではなく、アルク・オール全土を覆い尽くすほどのもの。

だが、一時間もするとその雨も落ち着き。

完全に雨の止《や》んだ空は、雨と同じくらい類を見ないほどの快晴で――

青く、青く、青く。

どこまでも澄み渡る青空になっていたという。

熱心な創主教の信者たちは、あの雨を境に、世界中の空気が軽くなった気がすると口にしていたが、実際のところはどうなのか、定かではない。


後にこの雨のことを知ったアユムは、とてつもなく慌てた様子になる。

「水害とか大丈夫？　俺のせいでどっか国とか滅んでない？　何かやらかしちゃったみたいでゴメンッ！　まさか、神様を泣かせるとこんなコトになるなんて、想像もしてなかったんだよッ!!」

17　腕の機能、ちゃんと役立ててくれよ

ミツも泣きやみ、戻ってきていたセブンスにラーメンを作ってもらい一息つく。

さっきまで泣いていたとは思えないほど、いつもどおりのクールな顔に戻っているミツだったが、どこかスッキリとした空気を纏っている。

創造主だけでなく、その影響を受けていたミツも、もしかしたら溜まっていたストレスを解消できたのかもしれない。

「さて、サリトスたちの様子を見に戻るか」

「はい！」

ミツを伴い管理室へ戻ると、サリトスたちがちょうど、フロア2と3の間にあるエクストラフロアへと到着したところだった。

これも初めてここまでたどり着くと自動的に転送されるフロアだ。要するに、ここもチュートリアルエリアである。

ここで教えられるのは、女神の腕輪の中でもかなり上位に入るだろう価値ある機能だ。

「アユム様、どうしてゲームのようなメニュー画面をつけたのですか？」

「グラフィカルな情報っていうのは、初見でも取っつきやすいのさ。デザインにもよるけどどな」

そう。

女神の腕輪の赤い宝石部分に手を当てて、『オープン』と唱えると、メニュー画面が表示されるようになっている。

虚空に現れるいわゆるホロウィンドウってやつだ。

もちろん、『クローズ』と唱えれば閉じるぞ。

そこに描かれている内容は、可能な限りシンプルになるようにしてある。

俺のイメージのベースは、某国民的ＲＰＧの黒地に白枠のウィンドウだ。

「サリトスさんたちも驚いているようですが、結構色々と試しているみたいですね」

「あいつらは好奇心が強いからな。慎重な奴らではあるが、安全だと判断したものに対しては結構グイグイいくんじゃないかな」

メニューに描かれているのは、
・アイテム
・マップ
・状態
・図鑑
・鑑定ログ
・コンフィグ
——以上の六種。

アイテムに関しては、最大で二十種類のアイテムをサイズや質量関係なく収納できるシロモノよ。一種類につき最大で二十個まで収納できるぞ。

チートの基本、収納魔法をあの腕輪に再現しているわけだ。

ちなみに、収納は一部を除いてラヴュリントス内でしか使えない。出すだけであれば、いつでも可能だ。ダンジョンの外でもできる。

この価値の途方もなさ――サリトスたちなら今すぐにでなくとも、いずれは理解できるはずだ。

実際、そのすごさの一端くらいは即座に理解したのか、サリトスたちは効果を確認しながらしきりに感心している。

『かさばる正体不明品も腕輪の中に入れられるのか。便利だな』

『ラヴュリントス内でしか収納できないってコトは、陽光に当てて正体を暴いた後は仕舞えないってワケかい』

『そこは仕方がないっしょ。密《ひそ》かに持ち運びたければラヴュリントス内で完結させろってことだろうな』

ほんと、サリトスたちは理解が早くて助かるぜ。

腕輪に収納できないものは、いつもどおり手で運ぶしかないが、ダンジョン内で手に入れたかさばるお宝を腕輪の中へ収納できるのは大きいはずだ。

『スペクタクルズや、一部のアイテムだけは別枠で保存できるようだな』

『確かにスペクタクルズも二十個までとかだと困るものね』

そうそう。

俺も作ってて「しまった！」って思ったからな。後付けだけどそういうことにしたんだ。扉のカギとかの為にも、大事なモノ枠作っておいた方がいいかなーって感じで。

『マップ機能……歩いた場所が勝手に描かれていくのは便利だけど複雑さね』

『確かに便利だが、可能ならばディアリナには通常のマッピングも続けてもらいたい』

お。サリトスは何か気づいたかな？

『これはあくまで予想だが――この腕輪もダンジョンの一部だと考えたとき、アユムが何かしらの仕掛けをしていないとも限らない』

『もしかして旦那、マップが記録されないエリアや、マップ情報が消去されるトラップとか考えてる？』

フレッドの言葉に、サリトスがうなずいた。

「あ、アユム様ッ⁉　バレてますよッ⁉」

「うん。バレてるな。すごいぜサリトス。理解があるぜフレッド」

「何で笑っているのですか？」

「実際楽しいじゃないかッ！　あいつらならギリギリ解けそうなギミックを考えるのはワクワクする」

ＪＲＰＧにおいても結構な高難易度ギミックみたいのを仕込んでも、あいつらなら何とかしてくれるかもしれない。

「とはいえな、ミツ。今はあいつらしかラヴュリントスに挑戦してないから誤解しちまうがな――一般的な探索者《シーカー》がそこまで考えられるもんでもないだろ」

あいつらは本当にデキる奴らだ。

臆病者だと罵られても、自分のやり方を貫き、研鑽してきた。

ラヴュリントスはそれが報われるダンジョンだと思われている。

ならば、あいつらは、それまでの研鑽のすべてを賭してでも俺に会いにこようとするだろう。

だから礼儀として、俺も全力で受けて立つ。

まだ完全に完成してない下の階層は、サリトスたちに合わせて調整を加えていく予定だしな。

とはいえ、サリトスたちを基準にしちゃいけない。あの王国の調査隊の件を忘れてはいないぜ。

『この状態って項目は、あたしらの今の状況を数字なんかで表示したもんだね。各種ルーマのレベルとかも見られるなんて、便利じゃないか』

ミツに聞いた話だけど、ルーマのレベルっていうのは、特定の場所でしか確認できないらしいんだ。それを、この腕輪であればその場で確認できるのだから、これも結構便利な機能だろう。

『鑑定ログというのは過去に鑑定した情報を見直せるわけか。助かるな』

『コンフィグっていうのは……ああ、この情報を表示してる変な板――ウィンドウっていうの？の色やデザインを変更する機能か……いるのか、これ？』

『自分が使いやすい色や見た目にできるんだし、便利じゃないか？』

コンフィグに関してはディアリナとフレッドで意見が分かれている。

まぁウィンドウのデザインやカラーを変えるのって、地球でもやる人とやらない人がハッキリ分かれるしな。

そんなワケで、これらが腕輪の機能なわけだ。

『挑戦者全員にこんな腕輪を寄越すなんて、アユムは太っ腹だね』

『逆に言えば――最終報酬をこの腕輪にするだけのコトはあるとも言える』

『もしかしなくても、報酬って外でも収納が利用できるようになるんじゃないのか？』

フレッド正解。

最奥にいる俺に会えた奴の腕輪は改造して、ラヴュリントスの外でもその機能を十全に使えるようにするつもりだ。

ほかにも地味な機能はあるんだけど、こういうのは一気に放出しすぎると理解が追いつかないことも多いからな。

次のチュートリアルは、少し先だ。

『このフロアは、前回の丸太小屋フロアと違ってこれだけか』

三人は周囲を確認しあって、先に進んでいく。

終端にある魔方陣を見つけると、ためらうこともなく『ネクスト』と唱えた。

そうして、フロア３へと足を踏み入れた三人は、驚愕《きょうがく》と戸惑いがまぜこぜになった顔をする。

そりゃそうだろう。

俺が三人の立場でもあいう顔をすると思う。

そういう顔をしてほしくて設定したフロアだ。

「個人的には結構悪趣味だと思います」

「作りながら自分でもそう思った」

ミツの言葉に苦笑しながら、モニターへと視線を戻す。

ただまぁ、その悪趣味全開の雰囲気を作るのが楽しくてノリノリだったのも事実だったりして。

ともあれフロア3も森だ。

正しくは森に囲まれたお城だ。

だけど、ただ城があるだけならば、三人は驚かないだろう。

三人が驚いているのは、そのフロアの雰囲気だ。俺が特に理由もなく、色彩をちょっと変更したからな。

赤と黒のマーブル模様のような奇っ怪な空。

森の木々や草花は、形はそのままなのに、花や実だけでなく葉すらも紫やピンクで色彩設定してある。

『急に雰囲気がかわったな……』

『ピンクや紫ってのは、もっとかわいい色だと思ってたんだけど、組み合わせや見せ方でこんな不気味になるんだね……』

『……どうやら、城へ行く以外の道はなさそうだ』

三人はゆっくりと歩き始める。

開け放たれている門を、三人は警戒しながら入っていく。

『この庭の芝ふつうに緑なんだね』

……あ、ピンクにし忘れてた。

『人の気配はなさそうだな』

庭はそんなに広く設定はしていない。

門から城の入り口までは百メートルほどだ。

その道程には、ちょっとえっちな植栽《しょくさい》アートが並んでいる。

『すごいな……この木……どのように世話をすれば、このように裸の女の形に成長するんだ？』

『好奇心が湧くのはいいんだけど、その手の木をまじまじと見るのはやめとくれ』

真面目な顔をして、触ったりつついたりしているサリトスに、ディアリナが何とも言えない顔でうめく。

『アユムの趣味なのかね、これ』

『おそらくだが――少し違うだろうな』

ディアリナの不名誉な疑問に、フレッドが首を横に振る。

『単純にこの城を作ったあとで、こういうのが似合う雰囲気になったから、雰囲気作りに増やしたんじゃないか？』

「フレッド正解」

『うおっと。聞かれてたか』

思わず、割り込んでしまった。

割り込んでしまったのは仕方が無いので、そのまま言い訳をさせてもらおう。

「いやぁ、退廃と背徳の城をテーマにあれこれイジってたんだけど、色彩だけだとインパクト足りなくてさぁ……ついつい植栽アートを植えちゃったんだよね」

『植栽アートというのか、これは』

『食いつくのそこかい、サリトス』

俺の言葉に反応したサリトスに、ディアリナが苦笑している。

「俺の出身世界じゃ、わりと有名なものだな。植えた木を――そういう下世話なものだけじゃなく――動物の形や、庭にあったデザインに剪定《せんてい》していく職人がいたんだ」

『人の手で作れるものなのだな……』

感心したように、サリトスはえろ植栽アートを撫でる。

『他意がないのはわかってるんだけど、やめとくれサリトス。絵面的に女の尻を愛おしそうに撫でてるように見えるよ』

『そんなつもりはないんだが……』

む――と困り顔をして、撫でるのをやめるサリトス。

それを見ながらフレッドが人の悪そうな顔をして、ディアリナの肩をちょんちょんとつついた。

『なんだ、嬢ちゃん？　植木でできた女に嫉妬しちまってるのか？』

『ちょいなーッ!!』

『ぐぉばッ⁉』

そのあまりに迂闊な言動に、ディアリナの拳が振るわれフレッドの顔面を捉える。

「仲がいいな、おまえら……」

それを見ながら思わず俺は呟く。

仲良きことは美しきかな。

そういや、うっかり俺の出身世界とか口にしちまったけど――まぁいいか。

「ともあれ、フロア3の攻略がんばってくれ」

『ああ』

サリトスがそううなずいてから、少し真面目な顔をして訊ねてくる。

『アユム、俺たちはおまえを楽しませてやれているか？』

『もちろん。最初の挑戦者がおまえらでよかったと思っている』

『そうか。ならばいい』

何を思ってサリトスがそう口にしたのかわからないけど、楽しませてもらっていることは間違いない。

『フレッド起きろ。そろそろ先に進むぞ』

『おう……』

サリトスに差し伸べられた手を握り、立ち上がるフレッドを見ながら俺は一つ思い立ったことがあり、ディアリナへと声をかける。

「ディアリナ。最初に謝っておく、すまん」

『なんだい、アユム？』

「こう――ダンジョンを作ってるとき、かなり気分が高揚しててな……」

『？』

「城の内装は、この庭のノリで察してくれ……」

ほんと、女から見るとセクハラレベルで悪趣味なデザインにしちゃった気がするんだよなッ！

『く、くくく……』

俺の謝罪に、だけどディアリナは笑い始める。

『ダンジョンのデザインを挑戦者に詫びるマスターがいるなんてねぇ！　ほんと、おもしろいマスターだよ、アユムはッ！』

ディアリナは気にするなと笑い飛ばし、不敵に告げる。

『お宝さえあれば、ダンジョンの姿形は関係ないさね。気分の問題はあるけどさ、アンタの性格を知ってるから、悪趣味とは思ってもアンタの趣味とは思わないよッ！』

「それは嬉しい言葉だなディアリナ」

『そうかい？』

ディアリナとのやりとりに、サリトスとフレッドも笑っているのを見れば、まぁ俺が阿呆なことを言ったのは間違いないだろう。

「話しかけられたワケでもないのに、こちらから声を掛けるのは些《いささ》か無粋だったかもな。すまん。

俺の作ったダンジョン――存分に堪能してもらえればと思う。ではな」

そうして、俺は自分のマイクのスイッチを切ると小さく息を吐く。

横ではミツもなにやら笑っている。

「なんだよ？」

「いえ、こんなに挑戦者と距離の近いマスターも珍しいと思いまして」

「……そうか？　いや、それもそうか……」

なんかやらかしてしまった気分になって、俺は思わず嘆息する。

別に問題が発生しているわけじゃないから、いいんだろうけどさ。

モニターに映るサリトスたちは、庭を進み、やがて途中にある使用人の小屋の前で足を止めた。

門と城の入り口のちょうど中間にあるその小屋の前には、いつもの看板が設置してある。

そして、それをサリトスが読み上げた。

第一層　フロア3
汝らは賊、戸惑いを越えた先にこそ道示す王冠あり

18 『サリトス：怪しい使用人小屋』

汝らは賊、戸惑いを越えた先にこそ道示す王冠あり――か。

フロアの入り口に書かれている詩のような言葉は、必ず意味があった。

おそらく、今回も何かしらの意味があるのだろう。

「旦那、嬢ちゃん。この建物――中に入れるようだぜ？」

慎重に入り口のドアを調べていたフレッドの言葉に、俺とディアリナは顔を見合わせる。

「本命は城だとは思うが……」

「ここに何もないワケがないさね」

フレッドも俺たちにうなずく。

ならば、するべきことは一つだ。

「入ってみるとしよう」

俺が告げると、それぞれに入り口である蝶番《ちょうつがい》のドアへ近づいていく。

フレッドは左のドアノブを触れる位置へ。俺とディアリナはその反対側へ移動する。

フレッドからの視線の合図にうなずくと、彼は慎重にドアノブを動かし、ゆっくりとドアを奥へと押し込んでいく。

「ざっと見たところ怪しい気配や動くものはなさそうだ」

小声で告げて中へと入っていくフレッドの背中を、俺とディアリナは追いかける。

内装は、色彩こそこのフロア独特のものではあったものの、見た目だけはそう変わったものでもない。

使用人用の小屋だと思うと、やや豪華さを感じるくらいか。

もっとも、城に仕える使用人たちの小屋なので、余りに質素すぎるようにもしないだろうが。

正面には階段。おそらく玄関の裏に食堂かなにか。

玄関の左右にも二部屋ずつあり、見える範囲で二階にある扉の数を数えれば六部屋あるように思える。

すべての扉が血のような赤色で統一されている中で、二階の右手側廊下の一番端の一つだけ青く輝いているのが気になる。

それに――

「外から見た印象よりもかなり広く見えるが……」

「まぁダンジョンだからね。そういうのもあるだろうさ」

ディアリナはそれで納得しているようだった。

……それで納得していいのだろうか。

内心で首を傾げていると、フレッドが小さな――だが鋭い声を発した。

「二人とも、二階から誰か来るぞ」

俺とディアリナも警戒し、二階を見渡すと、ドアを開けて使用人が一人出てきた。

その女性の使用人──だろうか？──は、ゆっくりと階段を下りてくる。

「すっげぇ格好してるのに、さすがにアレじゃ喜べない」

フレッドの言うすっげぇ格好というのもわかる。

胸と股間を最低限隠すような布の上から、フリルのついたエプロンを掛けたような格好だからだ。

そして、喜べないという理由もよくわかる。

シルエットは女性だ。だが、女性のシルエットそのものなのだ。

真っ黒いだけの女性の影が服を着ているような姿。真っ当な存在だとは思えない。

敵か、味方か──

影の使用人がこちらに気づく。

ぼんやりとした緑色の双眸──だと思われる──が、こちらの姿を捉えるなり、色を赤に変えた。

同時に、影の使用人の殺気が膨らむ。

瞬間──影の使用人の体が膨らみ、身に纏っていたものが、散り散りになって吹き飛び、同時に液体が弾けるように影そのものも飛び散った。

そして、影の中から──

「ヒャーハーッ‼」

スモールゴブリンが奇声をあげながら姿を現した。

前のフロアにいた同種よりも上等な服の上に、皮の胸当てとサーベルを手にしたスモールゴブリンだ。

階段を半ばで蹴って、躍り掛かってくる。

俺は振り下ろされるサーベルを躱《かわ》し、スモールゴブリンが二ノ太刀を振るう前に、その手首へ向けて、ポケットから取り出したものを指で弾いてぶつける。

「ぎゃッ!?」

驚きで動きを止めたスモールゴブリンへと、ディアリナが踏み込んでいく。

右手にフレイムタンを逆手に持ったディアリナは、スモールゴブリンの鳩尾《みぞおち》に膝を叩き込む。

身体を曲げるスモールゴブリンの後頭部に、右肘を鋭く落として強打したあと、そのままの流れでフレイムタンを背中へと突き立てた。

「ブリッツ」

深く突き刺すと同時に小さく呪文を呟き、フレイムタンに付与された呪文効果を発動させる。

フレイムタンの呪文効果は先端から小さな火の玉を飛ばすもの。

そして、今、その炎の短剣はスモールゴブリンの背中に突き刺さっているのだ。

つまり――スモールゴブリンの背中の内側で、火の玉が弾ける。

「ぎゃあああああ……」

スモールゴブリンが悲鳴をあげながら、絨毯に倒れ伏し、黒いモヤとなって消えていく。

「うん、良いナイフだ」

「エグイ使い方したあととは思えない良い笑顔が逆に怖い」

「まったくだ」

俺がフレッドに同意すると、ディアリナが口を尖らせる。

だが口を尖らせるのもポーズだけで、さして気にはしていないだろう。

「しかしびっくりしたね。いきなり影が弾けたと思ったら、モンスターが出てくるんだからね」

「もしかしたら、使用人だけでなく、この城《フロア》の住人を模した影は全部こうなのかもしれないな」

「戦いになる瞬間までモンスターがモンスターの姿をしてない可能性があるのか……ゾッとしないな」

モンスターまでもが、正体不明というのは、確かに恐ろしい。

「……ってコトは、影にスペクタクルズをぶつければ鑑定できるのかね？」

「一考の余地はあるな」

ディアリナの思いつきは悪くないかもしれない。

だが——

「それが可能だったとして、どれだけの種類のモンスターがいるかわからないが、いちいち影にスペクタクルズをぶつけるのもな……」

「まぁもったいないわな」

なかなかに頭を使う問題だ。

「そういえば、旦那は何を礫《つぶて》にしたんだ？　ぶつかるなり消えちまったように見えたが」

「ん？　そういえば……」

ポケットを漁《あさ》ると、投げたつもりでいた小石がでてくる。

「む？」

俺は何を投げたんだ？

「何を投げたのかわからないのかい？」

「咄嗟《とっさ》だったからな。少し調べたい」

ほかの使用人と遭遇したりすると面倒なので、階段の裏へと移動してから、あれこれと調べる。

「……どうやら、スペクタクルズを投げていたようだ。すまない」

「なるほど。まぁ投げちまったもんはしょうがないさ」

「おう。嬢ちゃんの言うとおりだ。命あっての物種ってな」

「そう言ってもらえると助かる」

同行者によってはこういうことを必要以上に責めてくる者もいるからな。共に探索しているのがこの二人なのは本当にありがたいことだ。

「そういえばサリトス、鑑定結果とか見れるのかい？　せっかくゴブリンにぶつけたんだしさ」

「そうだな。少し試してみるか」

俺は腕輪に触れて、鑑定結果を呼び出してみる。

すると――

《親方ゴブリン　ランクD》
スモールゴブリンの亜種。山賊ゴブリン系。
ラヴュリントス固有種である山賊ゴブリンがランクアップした姿。
装備はよくなったものの、戦闘能力は山賊ゴブリンに毛が生えた程度のもの。

固有ルーマ：限定気配消し《リミット・インビジブル》　レベル2
茂みに隠れていると気配がわかりづらくなる能力。
山賊の頃よりパワーアップしており、茂みのみならず物陰に隠れていると気配がわかりづらくなるようになった。もっとも、獲物を見つけるとつい奇声をあげてしまうクセは直っていない様子。

ドロップ
通常：サーベルの破片
レア：？？？？？

クラスランクルート：
山賊ゴブリン→親方ゴブリン→？？？→？？？

アイテム同様に鑑定結果が表示された。

そのことを二人に報告すると、フレッドの方は苦笑いを浮かべる。

「山賊ゴブリンの気配消しだけでも充分厄介だったのに、強化されてるってか……」

確かにあれはなかなかに厄介だった。

建物の中となれば遮蔽物も増える。そんなところで、あれを使われるとなると恐ろしいな。

「奇声をあげて襲ってくるのが救いさね」

「ああ、もっともそれが無くなったりすると恐ろしいが」

そう口にしながら、クラスランクルートという項目が目に入る。

「……親方の上に、もう2ランクあるようだな……。今はともかく、もっと上位のランクになると、奇声をあげるクセがなくなるかもしれないな」

「そのクラスランクっていうの……このダンジョン固有なのか、それとも世界共通なのか気になるところだな」

「ああ。それを調べるには、このフロアにあるらしい出口を探さねばなるまい」

目標は定まっている。

そこまで油断せずに行くとしよう。

「とりあえず、近くにあるし――この扉の向こうを見てみるとしないかい？」

「そうだな」

ディアリナの言葉に、俺とフレッドはうなずきあう。

玄関以外で、唯一の蝶番のドアをゆっくりと開けていく。

そこに広がっていたのは予想どおりの食堂であったのだが——

「エントランスの小綺麗さと比べるとひどいな、ここは」

いくつか並んでいる大テーブルのほとんどが真ん中で割れており、唯一無事なテーブルは一番奥のものくらいだ。

テーブルもイスも規則正しく並んでいただろうことを思わせるが見る影もない。

周辺の調度品も、奇妙な形の壺《つぼ》にしろ卑猥《ひわい》な形の像にしろ、床に落ち、倒れ、割れている。燭《しょく》台《だい》なども同じだ。

「まるで廃墟さね」

「同感だ」

そんな廃墟の食堂の一番奥。

唯一無事なテーブルでは、影の男従者が向かい合って食事をしている。

もっとも、彼らのテーブルの上にのっている皿はどれもこれも空っぽだ。

——にもかかわらず、まるで何かにフォークを突き刺し、スプーンですくい上げ、ナイフで切り分け、優雅に舌鼓を打って見せている。

「あの影も中身はモンスターなのかね？」

「だろうね」

どうやら、向こうはこちらに気づいていないようだが、見つかれば戦闘は避けられない。

この食堂に何もなければ、とっとと出ていくべきかもしれないが——

「旦那、ディアリナ。あそこでメシ喰《く》ってる連中のちょっと奥の方の壁際——わかるか？」

「赤い封石つきの箱か」

「面倒なところに、あるねぇ……」

宝は欲しいが面倒は避けたいところだ。

「……サリトス、フレッド。ちょっと考えてるコトがあるんだ。可能な限りバレずに、影に近づきたい」

「構わんぞ」

「やろうぜ」

「何も聞かずに即答してくれるなんて、嬉しいねぇ」

そうして、俺たちは物陰に隠れながら、ゆっくりと食堂を進んでいく。

「このフロア……城などを模してるし、影の住人がいるってコトは……、大声出して暴れ回ると制限なしに影の兵士が出現したりしてね……」

「可能性はあるな……」

「この小屋はその練習みたいなものかもな」

そう考えると、ラヴュリントスはとてつもなく丁寧なダンジョンだ。

いきなり異なるルールの世界へと放り込むのではなく、先へ進むにつれて段階的に、ルールを開示していく。

まるで、挑戦者を成長させる為のダンジョンのようだ——いや、事実そうなのかもしれない。

試練と遊技の神——アユムの肩書きは伊達《だて》ではないということか。

思考を巡らせていると、フレッドの小さな声が聞こえ、意識を戻す。

「おそらく、ここらが限界だぞ、嬢ちゃん。どうするんだ？」

だいぶ遠回りをしたが、物陰を縫って俺たちは片方の影の背後を捉えられるところまできている。

柱から顔を出せば、対面にいる影にバレそうな位置ではあるが……

「こうする」

フレッドに問われたディアリナが何をするのかと思えば、ルーマで身体能力を高め、可能な限り姿勢を低くし滑るように手前の影従者の背後を強襲した。

その背中にフレイムタンを突き刺し、呪文を放つ。

影はそのままグラリと人間のようにテーブルに突っ伏し、対面の相手も突然の出来事に驚いているのか、硬直している。

即座にディアリナはテーブルの上に乗って、二人が楽しんでいた食卓を蹴散らしながら駆けると、対面の影の頭部を蹴り飛ばす。

テーブルを蹴って飛び上がり、地面に倒れた影に馬乗りになると、即座に胸にフレイムタンを突き刺して、呪文を炸裂《さくれつ》させた。

ぐったりと倒れ伏す影は、そのまま黒いモヤになって消えていく。

影の消えたところには、赤い花が咲いているジェルラビの尻尾と、山賊サーベルが残る。

どうやら正体を見る前に倒してもドロップ品は出るようだ。

「ひゅー！」

ディアリナの動きに口笛を鳴らしながら、フレッドが俺に訊ねてくる。

「鮮やかなもんだ。嬢ちゃんって名うての殺し屋だったりする？」

「さぁな。だが、単純な戦闘能力だけなら俺よりも上だぞ」

「そりゃ、おっかねぇお話で」

周辺に影はいなさそうなので、俺たちは柱の陰から出て、ドロップ品を回収する。

そのあとは、赤い封石の箱だ。

「中から紐《ひも》みたいのが出てきたけど……」

俺たち三人とも、箱から取り出したのは不思議な色合いの紐だった。

「スペクタクルズの前にふつうの鑑定をしてみるか」

「そうだね」

そうして鑑定を使って紐を見てみると、その正体がすぐにわかった。

「これが、アリアドネ・ロープか」

このロープで作った輪っかを地面におくと、五分間だけ魔方陣が発生するそうだ。その魔方陣の上で、『リターン』と唱えれば脱出できる――そういう魔具のようだ。

五分経《た》つと魔方陣は消え、さらにこのロープも消滅するのだという。

「このフロアに用意された脱出口ってコトかね？」

「どうだろうな……アユムの口振りを思うと、ふつうに出口が設置されているような気もするが」

俺たちは少しだけ相談してから、アリアドネ・ロープを使うのは後にすることにした。

出口が見つからなかった場合の最後の手段というわけだ。

「二人ともまだ余裕はあるな？　だったら、せめてこの小屋の部屋だけはすべて見て回っていこう」

「了解だ、サリトス。あたしはまだ余裕があるよ」

「こっちもだ。小屋の部屋を見て回ろうってのにも賛成だ」

この小屋での方針を決めた俺たちは、食堂を出て次の部屋へと向かうのだった。

19 『サリトス：青い扉はどう開ける？』

食堂から出て、部屋を一つ一つ見て回る。

基本的にはどの部屋もベッドとクローゼットがあるだけのシンプルな部屋だった。

もっとも、部屋によっては、食堂同様に荒れ果てているところもあり、荒れていないところとのギャップが、やや恐ろしげに感じたが。

基本的には部屋の中には影の使用人たちがおり、目があったりすると、その姿をモンスターに変えて襲ってくる。

だが、脅威といえばその程度であり、俺たちは難なくモンスターを倒し、部屋の中を漁る。

もっとも、めぼしいものはほとんどなかったが。

強いて言えば、お金とスペクタクルズか。

部屋の一つに三千ドゥースが入った赤い封石の箱があったのだ。三人であわせても九千ドゥース。あまり旨《うま》みがあったとは言えない。

別の部屋には、スペクタクルズが三個入った赤い封石の箱があった。三人あわせても九個。欲を言えばもう少し欲しかったが。

宝箱からの収穫といえばその程度だろう。

二階の青い扉は、ドアプレートには倉庫と書かれていてカギが掛かっていた。

もしかしたら何かしらの仕掛けがあるのかもしれないが、今のところ開け方がわからない。

一階には、食堂のほかにもサロンと食料庫などもあった。

もっとも食料庫は荒れ方が激しくて、先に進みようがなかったので諦めたのだが。

そういうワケで、残ったのはサロンだけだ。

「開けるぞ？」

フレッドの確認に、俺とディアリナは揃って首肯する。

何の罠もないのを確認しながら、サロンの中へと入っていくと――

「ここも荒れてはいるが……」

「色彩がふつうさね」

部屋に転がっているイスやソファも壊れていないので、まだ使えそうだ。

モンスターの気配もないので、かなり安全な部屋といえるかもしれない。

「――アレはなんなんだろうな？」

フレッドが示すアレ――それは、入り口からだと衝立《ついたて》などの並びのせいで死角になっている場所にあった。

「馬鹿でかい宝石――ってだけ、じゃないか」

地面から浮かび上がり、ゆったりと上下に動いている巨大なクリスタル。

不思議な温かみを感じるそれに、腕輪が反応しているのに気がついた。

ほぼカンだけで、俺は腕輪をクリスタルに近づける。

すると、腕輪から勝手にウィンドウが飛び出してきて、メッセージを告げてきた。


『第一層フロア3　使用人小屋　サロン　――　登録しました』


登録とはなんのことだ？

疑問に思いながらも、そういうメッセージが表示されたことを二人に告げると、二人も自分の腕輪をクリスタルに近づけた。

やはり、同じメッセージが表示されたらしい。

「よくわからんが、損はなさそうだろ」

「そうさね。そのうちわかるんじゃないか？」

二人の気楽な様子に俺の肩の力も抜ける。

さすがに、色々と考えすぎだったのかもしれないな。

とりあえずクリスタルのことはさておいて、俺たちはサロンの中を調べ始める。

手分けして中を見て回ってると――

「二人とも、ちょぃと来てくれ」

ディアリナが俺とフレッドを呼び寄せた。

「こいつを見ておくれよ」

彼女が示したのは、小さなテーブルの上にのっていたダンジョン紙の切れ端だ。

その場から動かせないようなので、そのまま読み上げる。

『各階層のフロア3には必ず一部屋以上、このような安全地帯が存在しています。この場所には絶対にモンスターが侵入してくることはなく、罠なども存在していません』

なるほど。完全な休憩所として使えるわけだ。

キャンプなどをするなら、安全地帯で行えるのが、理想だろう。

『また安全地帯には、アドレス・クリスタルというものが設置されていることがあります。今は何に使うのかわからずとも、近づいて腕輪に情報を登録しておくと良いでしょう』

「やっぱよくわからずとも、登録しておいて損はなさそうだな」

そのことに安心して、俺たちは軽く休憩をとることにした。

「あとはあの青い扉の倉庫だけなんだが……」

「カギが掛かってたよね。どうすれば開くのやら」

一息つきながら考えるのはあの青い扉のことだ。

「気にせず無視して本命の城に行くってのも一つの考え方だとは思うが」

そう口にしている俺自身、その選択肢はあまりとりたくないと思っているが。

「旦那は、どう思ってる？」

「個人的には、あの扉は可能であるなら今、開ける手段を確立しておくべきだと思う。ほとんどカンだが」

「決まりだね。ならもう一回、扉の前へ行こうか。さっきは流れで見ただけだけどさ、今度はガッツリ調べてみたら、何かわかるかもよ？」

ディアリナの言うとおりかもしれない。

俺たちは重くなり始めた腰をあげると、再び青い扉の前へと向かうことにした。


青い扉はやはりカギが掛かっており、これまで別のフロアでも見てきた扉と同じように何をしてもビクともしなさそうだ。

扉に何かヒントはないのか。

あるいは、扉の周囲に何かないのか……？

すると、扉の先にある廊下の最奥——突き当たりで何かが光った気がした。

訝しんで、そちらの方へと視線を巡らせていると、やはり何かがチカっと光った。

俺は光源を探して廊下の突き当たりまでいくと、金属でできたタグのようなものが落ちている。

「どうしたんだい、サリトス？」

「ここに奇妙なものが落ちている」

その金属タグには『２０２号室　モルティオ』とだけかかれており、タグの端に赤い封石がついている。

「手に取りたいが、床に固定されたように張り付いているんだ。ほかのところで見た本やメモと同じなのだろう」

「つまり、モルティオって奴が住んでる202号室に行けってコトかい？」

「おそらくはな」

封石に腕輪を近づければ手に取れるようになるかと思ったが、そんなことはなかった。

だが、赤かった封石が、緑色になったので、これは何かあるのだろう。

俺は二人にもタグの封石を緑に変えてもらってから、202号室へ行くことを提案する。

二人は特に202号室に行くことを反対しなかったので、俺たちはそこへ向かった。

「さっき来たときは、これといって何かあったわけでもなかった気がするがな」

「ああ。だが、あのときよりももっと詳しく中を探ると何かあるのかもしれない」

フレッドの言うとおりだ。

実際、通常の探索で考えれば充分に調べている。

だがこのダンジョンにおいては常識に囚われていては、解決できないものも多そうなのだ。

「さて――一体何があるのやら……」

すでに中にいたモンスターは退治している。

そう思って、俺は軽率にドアを開けた。

すると――

「…………」

「…………」

「…………」

「…………」

荒れた202号室の中央にテーブルを設置して、お茶をしていた影の使用人と目が合った。

影の使用人はこちらを指さしながら慌てて立ち上がる。

その拍子にテーブルが倒れ、ポットやカップが地面に落ちるが、相変わらず中は空のようだ。

そんなのんきなことを俺が考えたとき、背後のドアが突然閉まった。

「閉じこめられたッ⁉」

咄嗟にディアリナがドアノブを回し、肩からドアへとぶつかるが、開く気配がない。

「あちらさんはやる気だぜッ！」

フレッドが鋭い声をあげると、それに呼応したわけではないだろうが、影の使用人の身体が膨れあがり、弾けた。

そして中から現れたのは——真っ赤な肌に、ベーシュ諸島の民族服のようなものを身に纏い、金属でできたトゲ棍棒を持った亜人系モンスター。全身筋肉質で、俺たちの誰よりも長身だ。額には角が生え、口を開けば凶悪に尖った歯がずらりと並ぶ。

「ベース諸島にいる、オーガの亜種——オニだったか？」

どうやらフレッドが知っているモンスターのようだ。

「旦那たち、気合いを入れろ——このダンジョンで出会ってきたモンスターの中で、おそらく一番強いぞ」

オーガの亜種という時点でそれなりの強さは理解できる。

原種であるオーガは、皮膚が緑色の亜人系モンスターで、弱い種でもDランク。

これまで倒してきたジェルラビや山賊ゴブリンなどのFランクとは比べるまでもなく脅威。

ランクだけ見るなら、それでもあまり高くはない。

だが、巨軀《きょく》と筋肉から繰り出される攻撃は、決してヌルいものではないのだ。

「油断はしないさ」

俺は剣を抜き放ち、構える。

ディアリナが抜くのは背中の大剣ではなく、フレイムタン。

この狭い私室の中で、大剣を振り回すのは難しいと判断したのだろう。

「轟《ゴォ》ォォォォォォォ——……ッ‼」

こちらの臨戦態勢に、オニは大声で雄叫《おたけ》びをあげる。

気合いを漲《みなぎ》らせたオニはこちらへ向かって駆けてきた。

「散開ッ！」

俺の号令に併せて、二人もその場から大きく外側へと動く。

そして俺は、剣を構えてオニへ向かって踏み出した。

オニが振り下ろす金棒を避けて、オニの腹を剣で薙《な》ぐ。

「グウゥッ！」

しかし思っていたよりも皮膚が硬く、これでは浅い。

軽く舌打ちして、俺はオニから離れようと動く。

だが、オニの大股の一歩で追いつかれ、金棒が振るわれた。

「ぐッ……！」

咄嗟に剣で受け止めるが、やはり重い。

剣が折れず、手首を痛めなかったのは奇跡に近い。

「サリトスッ！」

ディアリナがフレイムタンを逆手に持ってオニの背後から襲いかかる。

オニは俺と競っていた金棒から手を離すと、背後のディアリナに向かってバックナックルを放つ。

その拳はディアリナの脇腹を捉えた。

勢いを殺しきれなかったディアリナはそのまま瓦礫《がれき》の山の中へとつっこんでいく。

間髪入れず、フレッドが矢を二連射するが、オニはそれを躱してみせる。

その間に俺は、剣の上にのっていた金棒を払って、オニへ向けて剣を突き出す。

フレッドの二連射を避けた瞬間を狙ったのだが、オニは身体をひねってそれを強引に躱してみせる。

そこからかなり無茶な姿勢で張り手を突きだしてきた。

俺は剣の腹で受け止めつつ、後ろへと飛《と》び退《の》き衝撃を殺す。

「ルーマで身体能力高めてなかったらやばかったね……」

瓦礫の中から立ち上がりながら、ディアリナがうめく。

「フレッド。オーガの亜種にしては強すぎないかい？」

「それな。オレの知ってるオニと比べても強いよ、こいつ」

強化型のオニといったところだろうか。

段階的に難易度をあげていく様子をみせるアユムにしては、少しばかりこいつは強すぎる気もするが――

いや、考察はあとだ。

まずはここを切り抜けねばなるまい。

「狭くて暴れづらいけど、ちょいと本気だした方がいいかもねッ！」

ディアリナはフレイムタンを納め、背中の大剣に手を掛けた。

20　『フレッド：影鬼モルティオと青のカギ』

「サリトスッ、フレッドッ！　巻き込んでも謝らないからねッ！」

そう言って、ディアリナは背中の大剣を引き抜くと、右手だけで構えて地面を蹴った。

――ってか、背丈ほどある剣を片手持ちかよッ！

何度か剣を振るってる姿は見たが、そのときは両手持ちしていたんだけどな。

オレが少しばかり驚いている間に、ディアリナはオニへと踏み込んでいく。

袈裟《けさ》斬《ぎ》りからの薙《な》ぎ払い――からの突き。

素早く繰り出される攻撃の数々は、おおよそ大剣らしい動きではなく、まるで片手剣でも扱うかのようだ。

ルーマによる身体強化の影響があるとはいえ、両手用の大剣を片手で軽々と振り回す膂力はハンパない。

それに対応するオニもオニだ。

すでに投げ捨てていた金棒は拾い直していたらしく、ディアリナと打ち合っている。

「はッ！　やるじゃないかッ！　でもこいつはどうだいッ!?　昇爪落牙《ショウソウラクガ》ッ！」

宣言と同時に、ディアリナはアーツを発動する。

小さく飛び上がるような振り上げから、落下の勢いを利用した振り下ろしの二段攻撃。

ふつうなら隙だらけの動きではあるが、ルーマによって重く鋭くなった攻撃は、それだけで必殺たらしめる。

――とはいえ、ディアリナが発動したアーツは、片手剣マスタリーによって習得する、片手剣用のアーツのはずだ。

本来アーツってのは武器のタイプが変わると発動しないはずなのに、ディアリナは気にせず使ってみせる。

オレの驚いている間にも、ディアリナとオニの打ち合いは続く。

ディアリナの昇爪落牙で多少たたらを踏んだオニだったが、それがどうしたとばかりに雄叫びをあげる。

雄叫びに対し、嬢ちゃんはさらなる連撃を繰り出しながらどこか楽しそうな掛け声をあげると、オニが咆哮《ほうこう》で応えた。

「そらッ！　そらッ！　そらッ！」

「呀《ガ》ァァァァァァァ――……ッ！」

「威勢ばっかよくってもねッ！　強風旋《ゴウフウセン》ッ！」

オニの雄叫びにディアリナも吼え返して、武器の重みと遠心力を生かした横薙ぎを繰り出す。

強風旋って、両手斧の技だろッ⁉

「轟旋鎚破《ゴウセンツイハ》ッ！」

嬢ちゃんはさらにもう一回転、横薙ぎを繰り出し、流れるような動きで剣の腹を使った振り上げを放つ。間髪入れず、振り上げた剣を力任せに振り下ろした。

それは、戦鎚《せんつい》の技だッ！　もはや刃物を使った技ですらなくなったぞッ⁉

色んな意味で信じられないディアリナの猛攻に、されどオニは耐え凌《しの》ぎ、再び雄叫びをあげた。

「――ッ⁉」

その雄叫びは、さっきの比じゃなく――やや離れた場所にいるオレでさえ、少しばかりやばいと身構えるようなもの。

ディアリナも咄嗟に後ろに飛び退く。

そんな嬢ちゃんを逃がさない――とばかりに、オニは全身にルーマの光を纏うと、力任せのタックルを繰り出した。

「走牙刃《ソウガジン》ッ！」

即座にディアリナは剣先から衝撃波を放つ。

だがオニはそれを受け止めながらも、タックルは止まらずディアリナを捉える。

嬢ちゃんもなんとか相手の肩を大剣の腹で受け止めたようだ。

とはいえ、オニのアーツはそこで止まらなかった。

タックルの姿勢から、強引に片手で金棒を振り上げる。

下から剣を弾かれ、ディアリナはバランスを崩すもすぐさま構え直す。

そこへ、両手で持った金棒が振り下ろされた。

サリトスが受け止めたものよりも、力の籠もった攻撃を、それでもディアリナは受け止めた。

オニは続けざま、強風旋のような横薙ぎを繰り出し、ついにはディアリナも耐えきれなくなって吹き飛ばされる。

「呀颯《ガフウ》ゥゥゥゥ……」

再び瓦礫の山へと突っ込んでいくディアリナを見、オニが大きく息を吐いた。

そいつはまるで——

「何をッ、勝ち誇ってんだい……？」

嬢ちゃんの言うとおり、勝ちを確信したような様子だった。

「あたしに力比べで勝ったくらいでさ……」

瓦礫の中から、上半身だけ起こしてディアリナが言い放つ。

「そういうの……油断って言うのさッ！」

親指を下に向けるディアリナに、オレは胸中でまったくもってそのとおりと同意する。

「テトラ・ケージッ！」

油断しているオニへ、オレはアーツを発動させて三本の弓を同時に放つ。

すぐに反応して動こうとするが、そもそもオレが使ったのはターゲットを撃ち抜くタイプの技じゃない。相手の周囲の地面を狙う技だ。

当然、オニが反応してくることも想定済み。

三本の矢は弧を描き、逃げ道を遮るように、オニの周囲へと突き刺さる。

ディアリナの戦いを見ながら、何も準備してなかったワケがない。

オレのテトラ・ケージを躱されても、そこへサリトスが攻撃を仕掛ける予定だったくらいだ。

床に刺さった矢が光を放ち、三角のラインを作り出す。

さらに、それぞれの矢はオニの頭上へ向けて光のラインを伸ばす。

これは相手を倒す技じゃない。相手を三角錐《さんかくすい》の檻《おり》に閉じこめる技だ。

この技だけではダメージがほとんど入らないせいで、人気がないんだけどな。でもダメージの入る入らないは問題じゃない。

嬢ちゃんと旦那がいるんなら、こんな技でも上等な技になるだろう？

それに、なぜかほかの弓使いの連中は知らないみたいだが、この技には強烈な『先』がある。

目の前のオニは、ふつうのオニであれば必殺になりうる一撃を耐えるだろうが、動きは確実に鈍るだろう。

ならば――

「次の一矢で、大技をキメるぜ。とはいえトドメにはならないだろうから、後詰めは任せた」

オレが告げると、瓦礫の中から立ち上がり嬢ちゃんは息をはいた。

「見せ場はサリトスに譲るよ。せっかくフレッドがいるんだ――見せてやればいい」

「そうだな。では、フレッドに奥義の一つを見せようか」

「そいつは嬉しい話だなッ！」

そうして、オレは矢を番《つが》える。

「檻を破壊する。そのあとは任せたッ！」

「応ッ！」

矢にルーマを乗せて、アーツと共に解き放つ。

「テトラ・ブレイクッ！」

放たれた矢はテトラ・ケージに突き刺さり、そこを基点にケージ全体にひびが走る。

次の瞬間、ガラスが砕け散るようないっそ爽快ともいえる音とともにケージが割れて、それこそガラスの破片のような結界の欠片《かけら》のすべてが、オニめがけて襲いかかった。

テトラ・ブレイクに全身をズタズタに切り裂かれているものの、致命傷には至っていないのか、オニは両目に殺気を灯し、金棒を構えようとする。

とんでもないタフさだな、おい。

だが、これで終わりだ。

その状態でまともに動けるほど、テトラ・ブレイクのダメージはヌルくないはずだぜ？

「サリトスッ！」

「では――やるとしようッ！」

オレが合図をすると、サリトスがその場から剣を振り上げた。

完全に剣の間合いの外。

だが、サリトスにそれは関係なく。

低威力で牽制くらいにしか使えないといわれているアーツ・走牙刃が、本物の刃と遜色のない威力で、オニの身体に刃傷を刻み込む。

「地を走る幻影の牙――これが、その極致の一端だ」

最初の一撃がオニに刻み込まれると、続けざまに剣が振るわれた。

振り下ろし、振り上げ、袈裟《けさ》斬り、逆袈裟《けさ》、右薙ぎ、左薙ぎ……などなど。

剣の間合いの外から振るわれる高速の連続斬撃のすべてが、強力な走牙刃となってオニの身体に斬傷を刻んでいく。

走牙刃が放たれていなくとも、その連続斬撃を白兵戦で使われれば、捌《さば》ききるのは至難ともいえる猛攻。

一太刀目を浴びてしまった時点で、オニは完全にサリトスの作り出す剣閃の檻に捉えられてしまったのだろう。

「無数の牙に抗《あらが》えぬのならば、これで終《しま》いだ――」

膝を突くオニへ向けて、サリトスが剣を構え直す。

上のフロアで見せてもらった、扇波《センハ》の構え。

だがあのときとは比べものにならないチカラをサリトスから感じる。

「奥義・幻走連牙閃《ゲンソウレンガセン》」

サリトスが剣を動かし始めると同時に、ピン――と、空気が張りつめる。これまでの猛攻が嘘のように穏やかな一閃。

とんでもない速度ながら、どこまでも静かな斬撃だった。

周辺の音や空気ごと切り裂いたんじゃねぇかって錯覚するような横薙ぎと、残心するサリトスに一瞬遅れてオニの胴体に横一文字の線が走り抜けた。

「この技を使うコトに躊躇いを感じない強敵であったコト、感謝する」

そう告げて、サリトスは剣を鞘《さや》へと納める。

剣と鞘がぶつかる、チンっという小さな音が響いた。

その瞬間――オニの胴から鮮血が吹き出し、地面へと倒れ伏す。

動かないところを見ると、これで決着のようだ。

「ふぅ……やはりこの技は探索中に使うものではないな。疲労がひどい」

大きく息を吐いている様子から、どれだけの大技だったのかがわかる。

「嬢ちゃん、無事かい？」

「ああ。なんとかね」

それでも強烈な一撃を二発ももらったから、少しフラついているようだ。

「久々に、良いのもらっちまったね。あー……身体が、痛い……」

背中に剣を戻しながら、嬢ちゃんは顔をしかめる。

とはいえ、致命傷は特にないようだ。

「二人ばっかり痛い目にあってて、無傷のおっさんとしては立つ瀬ないのよなぁ」

「何を言ってるんだい。テトラ・ブレイクだったっけ？　とんでもない隠し玉を使ってくれたじゃないか」

「ディアリナの言うとおりだ。テトラ・ケージ……その派生技があるとは知らなかった。それに攻撃するタイミングも悪くなかった。今回は相手と戦場が悪かっただけだろう」

「そう言ってもらえると嬉しいんだがね」

オニはほかのモンスターと違い、ゆっくりと黒いモヤへと変化していっている。

確かに、殴られたのがディアリナとサリトスだから無事だったワケで、オレだったらひとたまりも無かったかもしれないな。

なんだよ、あの丸太のような腕。おっそろしいねぇ……。

「ずいぶんとのんびり消えていくねぇ……」

「ああ」

何ともなしに、オレたちは消えゆくオニを眺めていたんだが、やがて黒いモヤの一部が、部屋の端の方へと向かい始めた。

「お？」

何が起こるのか——警戒しつつも経過を見守っていると、やがて部屋の端に集まった黒いモヤは黒い宝箱へと姿を変じた。

赤い封石がついてるのを見るに、全員分用意されるタイプの箱だ。

「オレが最初に開けてくるぜ」

トラップの可能性を考えると、疲れてる二人よりはマシだろう。

宝箱に腕輪を近づけると、赤かった封石が緑に変わり、箱が開く。

中に入っていたのは――

「真っ青なカギか……」

材質のよくわからないそのカギを取り出すと、黒い箱は溶けるように姿を消した。

きっと、二人の目にはまだここに箱があるように見えるんだろう。

そうして完全に宝箱が消え去ると、腕輪にメッセージが表示された。

《モンスター図鑑に『影鬼モルティオ』が登録されました》

そのメッセージを確認してから、元の場所へと戻る。

手に入れたものを説明すると、二人もとってくると言って箱の方へと向かっていく。

そして旦那と嬢ちゃんも青いカギを手に入れて戻ってきた。

「どこのカギだと思う？」

「この見た目でどこも何もないだろう？」

オレの問いに嬢ちゃんが呆れたように答える。だが、顔は笑っているので、オレと同じような達成感を感じてはいるんだろう。

「青い扉の倉庫に行くのは決定だが――その前に、図鑑とやらを見てみるか……」

そう言ってサリトスが腕輪の操作を始めると、オレとディアリナもそれに倣って図鑑を呼び出す。

考えてみれば、この機能――ちゃんと使ったことなかったな。

図鑑という項目を触ると、アイテム図鑑とモンスター図鑑という項目がでてくる。

そこでモンスター図鑑とやらを選ぶと、ずらりとリストのようなものが表示された。

多くが「？？？？？」で埋まっているのは、まだ遭遇したことのないモンスターだからだろう。

遭遇したことのあるモンスターは自動的にここに載るようだ。

アラミテゼア語の基礎文字順に並んでいるらしいページを進んで、影鬼を見つけだす。

《影鬼モルティオ　ランク？？》

ラヴュリントスの固有種であるオニ亜種カゲオニ。

退廃と背徳の城の庭にある使用人小屋にて、202号室で暮らす執事モルティオの役割を与えられている。あくまでも役割を与えられているだけであり、名前を持っているが、ネームドユニークというわけではない。

基本的な能力は原種であるオニより強い程度ながら、保有する固有ルーマによって、その戦闘力が変動するという特徴がある。


固有ルーマ：無辜《ムコ》たる戦鬼《センキ》　レベル？？

敵対する相手に合わせてレベル1～10の十段階に強さが変化する。

レベル3が通常のカゲオニとしての基準たる強さである。
※なお、あなたが戦ったモルティオはレベル8です。

ドロップ
特殊：青のカギ
レア：カゲオニのツノ

クラスランクルート：
特殊なモンスターの為、クラスランクは存在しません。

うへぇ……

今のよりも上の強さが存在するのか……

オレがぐったりしていると、ディアリナの顔に獰猛な笑みが浮かんでいる。

「是非ともレベル10のモルティオとやりたかったね」

「探索中でなければ強敵でも構わないがな……」

どうやら、二人はわりとバトルジャンキーの気《け》があるらしい。

「ま、とりあえず倒したから良しとしようや。少しサロンに戻って休むか？　それとも、倉庫へ行くか？」

このままバトルな話に流れていっても困るので、オレは二人に訊ねる。

「気遣ってくれるのは嬉しいけどね。この程度なら問題ないさね」

「こちらもだ。このまま倉庫へ行くとしよう」

――ということになった。

「さて、問題はここから出れるのかって話だが……」

「この手の仕掛けはほかのダンジョンでもあっただろう。だいたいカギになっているモンスターを倒せば開くはずだ」

サリトスの言うとおり、ドアは問題なく開いてくれた。

「では、行こうか。今回の一件もある。青い扉を開けるのに油断はしないようにしよう」

そうして、オレたちは青い扉に向かうべく、モルティオの部屋を後にするのだった。

21　さすがにイヤかなぁと思って

「実はさぁ、モルティオのカギ——本当は、あそこでドロップさせる気なかったんだよね」

　カッコいいサリトスたちの戦いが一段落したので、そのタイミングでふとそんな話をしてみることにする。

「え？　ドロップさせないって……倉庫を開けさせるつもりなかったのですか？」

「いや、そうじゃなくて——もうワンクッション、ギミックを置いておく予定だったんだ。だからモルティオを倒すと、解決のヒントが手に入る感じで」

　ポップコーンをひとつまみ口に放り込んで、俺が答えるとミツは理解できたのか、一つうなずいてコーラを啜る。

「主は、どうしてそれを止めてしまわれたので？」

　スケスケは熱い番茶を啜りながら訊ねてくる。

　俺は質問に答えようとして……その答えを脇に置いておきたくなるほどの特大の疑問が吹き上がった。

「それに答える前に、教えてくれスケスケ」

「はい？」

「おまえそれ、どーなってんだ？」

スケスケはスケルトンだ。

骨だ。骨そのものが動いてるようなものなのだ。

それが番茶を啜っている――なのに、口から流れ込む番茶はどこからも落ちてこない。

「啜った番茶はどこに消えてるんだ？」

「それが自分でもよくわからなくて」

「は？」

「でも、飲めるし食べれるし、味もわかるんですよ」

カウカクと顎の関節を鳴らしながらスケスケは笑う。

「つきましては主。お願いがございます」

なにやらキリっと背筋を伸ばしてから、スケスケが神妙に口を開く。

その様子にこちらの背筋も思わず伸びるが――

「御使い様となさっている食事会――差し支えなければ自分も加えていただけませんか？」

その内容がこれだ。

伸びた背筋がふんにゃり脱力するのを許してもらいたい。

「やぁ……セブンスさんの料理を試食とかさせていただいてるんですが、どれもこれも生前に食べたものよりも美味しくてですね」

頭を撫でながら笑うスケスケ。

双眸はただの穴のハズなのに、そこに期待の籠もった光が宿っているようで、こちらも苦笑してしまう。

「わかった。時間が合うときは誘おう。いいよな、ミツ？」

「はい。もちろんです」

「感謝します。主、御使い様」

そんなワケで食卓にはスケスケが加わることになったのだった。

「――さて、話を脱線させせちゃったけど、モルティオのドロップアイテムの話な」

スケスケのせいで、思わず何の話をしていたのか、忘れるところだった。

「最初はさぁ、モルティオの日記をドロップする予定だったんだ」

「日記――ですか？」

首を傾げるミツに、俺はうなずく。

「愚痴が書かれた日記でさ、前日の倉庫掃除の担当が、カギを定位置に返さずに食堂で酔いつぶれてカギを無くしやがったこの野郎――みたいな内容なんだ」

「それで日記をヒントに食堂へ行くと、カギが落ちてるのですね」

「そういうコトだ」

説明を終えると、スケスケは不思議そうに小首を傾げる。

「問題があったようには思えませんが……それのどこに取り下げる要素があったのでしょう？」

「まぁ説明だけだとピンとこないかもしれないけどさ」

モルティオを強敵化しちゃったのも原因の一つだったりするんだけどな。

「カゲオニっていう強敵と戦った後で手に入るドロップが、キーアイテムとはいえ愚痴日記ってさ——なんていうか、さすがにイヤかなぁと思って……」

「「あー……」」

どうやら、ミツとスケスケの二人からは理解を得られたようだった。


——そんな雑談をしているうちに、サリトスたちは青い倉庫の前にやってきていた。

一人がカギを開けたところで、ほかの二人は入れないというのをちゃんと理解してくれてるようで、扉を開ける前に、それぞれにカギを使っている。

『いくぞ』

サリトスの言葉に二人がうなずき、ゆっくりと中へと入っていく。

あいつらは色々警戒しているようだけど、実のところあの倉庫にめぼしいものもトラップもなにも設定はしていない。

雑多に物が置かれた倉庫だ。

いやまぁ——この城のダンジョンのデザインとテーマがあれなので、置かれてる雑多な品も、名称を直接口にしない方が良さそうなものも置いてあるんだけどね、うん。

「アユム様……」

「ミツやめて。そのジト目やめて」

俺の自業自得ではあるんだけどなッ！

ほんと、深夜のテンションで悪のりしすぎたッ！

元々、某ＲＰＧの序盤に出てきたセクハラ趣味の裸の王様の城をモデルにあれこれいじってただけなんだけど……

途中から――

退廃と背徳！　せっかくだから、裏テーマは淫靡《いんび》！　インモラル！　とかよくわからないノリになってました。

そうして設置されていく、卑猥なデザインの美術品や、植栽アート。メインの仕掛けにはならないけれど、雰囲気を彩るニクい奴らは、みんなそんなノリになっていってしまったワケだ。

どんなノリだと問われると……

――ココにこんなの置いてあったらドン引きだよなー！

――大人のオモチャとか無い世界なら無造作にこういうの置いといても反応ないよな？

――完璧な仕事によって作られた最低なデザインの花瓶ができちまったぜ！

――ポールダンスしてるミロのヴィーナスっぽい石像ができてしまった……

……うん、まぁそういうノリだ。

これ、地球の地上波ＴＶだったら倉庫内部はモザイク必須ッ！

……いやまぁ、うん……正直、反省している。反省しまくってる。

でも、もう完成しちゃってるので、雰囲気の修正はしません。しないのだ……

「うーむ……御使い様がどうして主を見つめているのかよくわかりませんな……。主、あの倉庫にある用途不明の武器なんだか拷問器具なんだかっぽい道具の数々は、何なのでしょうか？　商人としましては、好き者――もとい物好きな貴族とか、娼館《しょうかん》あたりに売ると良いお金になりそうなのですが」

「わかってるよな？　スケスケ、わかってて言ってるよな？」

「え？　本当にそういう用途の道具なんですかアレ？　あー……なるほど、御使い様がそのような目をする理由もわかります」

「あれ？　マジで知らなかった？　俺、スケスケに答えを誘導された？」

「今のは誘導されたというか、単純にアユム様のホーミング自爆かと」

「そっかー……自爆する為にスケスケ追いかけちゃったのかー……そっかー……」

大失敗である。

「とてつもないダメージが、俺を襲うッ！」

「そのダメージのすべてがキャッチしそびれたブーメランではないですか」

「今日のミツは辛辣だなッ！」

「ギミックの準備は終わったので、あとはダンジョンの装飾だけだから、先に休んでていいぞ――って、そう言って以降は、この城を見てませんでしたからね。私……」

「その結果がこれなら――確かに御使い様も怒りますねぇ」

ズズズズズ――……っと、のんびり茶を啜るスケスケの言葉にもトゲがある気がする。

でも泣かない。俺、男の子だからッ！

「それでアユム様。あの倉庫って、わざわざカギを隠してまで用意する理由のある場所なのですか？」

俺が心を奮い立てていると、ミツがそんなことを聞いてきた。

「ん？　まぁ見てればわかると思うけど、宝箱があるとかそういうのじゃなくてさ……」

画面を指さすと、そこに不自然な木製の扉が映っている。

あの使用人小屋で考えると、あまりにも粗末な雰囲気の扉だ。

だけど、あの扉はミツもスケスケも、サリトスたちも見覚えがあるはずだ。

画面の中ではサリトスが、扉に触れながら訝しんでいる。

『丸太小屋の扉……？』

『そうみたいだね』

『明らかに不自然だよな』

三人は少し悩んでから、木の扉を開く。

そこにあるのは、丸太小屋のような雰囲気の小部屋だ。

その小部屋の中心には、魔方陣が設置してある。

エントランスのときと同じく、入り口から見てちょうど正面の壁に、プレートも掛けてあったりしてな。

出口へ行く為の一方通行の転送陣です。

上に乗り、『リターン』という呪文で起動します。


『そうか。これが出口か』

『どうする？』

『……一度、サロンに戻ろう』

そうして、サリトスたちはサロンへと戻っていく。

そこで、引き返すかもうちょっと探索するかを決めるのだろう。

「さて、向こうも一息つくみたいだし、こっちもつくか」

「一息も何も我々はここに座ってポップコーン食べながらコーラ飲んでいただけだと思いますけど」

それは言わないお約束だ。

席から立ち上がり、軽くストレッチしながら、俺はふとミツを見た。

「なぁ、ミツ」

「はい？」

そういえば――と、気づいただけなんだけど。

それを聞いていいのか、聞かない方がいいのか、ちょっと判断が付いていない。

「俺の――」

俺の——死因。

そこの記憶がない。

ある程度、納得して死んだという意識はあるのに、どうして死んだのかが思い出せない。

「いや、なんでもない」

「はぁ？」

不思議そうな顔をするミツに、俺は小さく手を振った。

向き合う必要があるものなのか。気にしなくていいものなのか。

まぁなんだ……向き合うにしても、今じゃない……かな？

「散々ポップコーンやコーラを飲み食いしたあとだけど、何か作るか」

「甘いものを是非」

俺が言葉を言いきる前に、ミツが被《かぶ》せ気味にリクエストを投げてくる。

それに苦笑しながら、俺は了解する。

そうして、ミツとスケスケを連れながら厨房《ちゅうぼう》へと向かう。その途中でふと、俺は独りごちた。

「セブンスには食事担当してもらって、もう一匹くらいスイーツ担当のパティシエモンスターでも呼び出してみるかなぁ……」

それを耳ざとく聞いていたらしい、ミツとスケスケは、俺の前へと回り込むと俺の手を取って声を揃えた。

「「是非ッ‼」」

22 『ディアリナ：探索と帰還と』

一度サロンに戻ってから——城の様子を軽く窺ってから帰ろうと決めた。

なので、あたしらはちょうど城の入り口の前にいる。

周囲に堀があったり、跳ね橋とかがあるわけではなく、ただの大きな入り口だ。

そんな巨大な蝶番の扉のドアノブに、フレッドが触れる。

「開けるぜ？」

あたしとサリトスがうなずくと、フレッドがドアノブを回し——

「…………開かねぇな」

「開かないのか」

「ああ」

二人が色々と試しているが、やっぱり開かないらしい。

高まってた緊張感があっという間に霧散していくね。仕方ないといえば仕方ないけど。

「開かないなら仕方ないじゃないか。とりあえず、周辺や裏手の方も見て回ればいいさ」

あたしが提案すると、二人は素直にうなずいた。

ここ以外から入れるかもしれないしね。

「正面入り口が無理でも、使用人口や搬入口みたいなところから入れるかもしれないだろ」

「嬢ちゃんの言うとおりだな」

「ならば、まずは外を回ってみるコトにするか」

そうして、入り口のドアから脇へと逸れて、城の壁に沿って歩き出す。

城の脇のちょっとした茂みみたいなところを抜けて、城の裏手にでるとそこは思ったよりも広い庭が広がっていた。

「あっちは薔薇園《ばらえん》みたいになっているようだが――」

「ここから見る限り、花見を楽しめるような環境ではなさそうだな」

サリトスが指し示すのは、城の裏手の大半を使って構えている薔薇園だ。ここから見える範囲でも、生垣が複雑に曲がりくねっているように見える。

つまり、あれは薔薇園の姿をした迷路ってワケだ。

そうでなくても、紫の茎に、ピンクの葉っぱ、血のような赤い液体が滴っている薔薇と、濁ったような黒い液体を滴らせる薔薇が咲き乱れてる空間はあまり落ち着けなさそうだけどね。

「うろついてる庭師はモンスターになっちまうのかね」

「だろうさね」

複雑な構造の薔薇園の中を、モンスターと戦いながら進むのは骨が折れそうだ。

「どうする？」

「薔薇園はあとだ。まずは外周を回ってみるとしよう」

確かに、あたしらはカゲオニとの戦闘で結構疲れてるからね。

明らかに戦闘が避けられない薔薇園は、後回しでいいだろうさ。

そうして、そのままあたしらは、城に沿って歩いていく。

結局、入り口まで戻ってきたけれど、特に何かあるわけでもなかった。

「ここ以外の入り口が無かったな……」

「あたしら、何か見落としたのかね？」

「城に沿って一周した限りじゃ、それっぽいの無かったわな……」

こうなってくると、もう薔薇園に行くしかないのかねぇ……。

あたしらが顔を付き合わせて悩んでいても、答えはでてきそうもない。

「どうするんだい、サリトス？　薔薇園をのぞいてみるかい？」

あたしが訊ねると、サリトスは少し考えてから、首を横に振った。

「いや、予定外の行動は控えるべきだろう。元々は城が探索可能であれば少し様子をみるつもりだっただけだ。予定にない薔薇園に足を踏み入れ、トラブルになっても、泣くに泣けぬだろうしな」

フレッドからもそれに反対意見はでなかったので、あたしたちは使用人の小屋の倉庫へと向かうことにするのだった。

ほんと、ここで薔薇園に突っ込もうぜってならないところが、サリトスと組んでて安心できるところさね。

そうして、あたしたちは倉庫に戻ってくる。

なんだかよくわからないけど、おそらくは卑猥な物だと思われる雑多な道具の棚を抜け、その奥にある簡素な木の扉を開ける。

そこの先は道中で見てきた丸太小屋の中のような雰囲気の小さな部屋だ。

小さなその部屋の床一面に一つの魔方陣が設置されている。

「ようやく――って感じがするさね」

「実際、ようやくだしな」

「お疲れさんってな」

あたしたちはお互いに労《ねぎら》いながら、リターンと言葉を口にする。

すると、地面の魔方陣が輝きをまし、あたしたちは光に包み込まれた。

やがて光が収まると、森でも城でも丸太小屋でもない、洞窟のような場所にいる。

「もしかしなくても、開かなかった扉の先かね？」

「そうだろうな。出口専用――であるならば、向こうから開かなくて当然だ」

このダンジョンのルールを把握した上で、エントランスのことを考えてみると、サリトスの言葉に納得しかない。

ラヴュリントスにおいて、封印された扉とは定められた手順でのみ開封されるんだ。

だから、その手順が間違っているなら、どれだけの破壊力をもってしても開くことはない。

逆にいえば、カギの開け方を解けさえすれば誰でも開けられるともいえるんだけどね。

魔方陣から降りて、少し長めの廊下を歩いていくと、出口の扉が見えてくる。

その扉には、プレートが掛かっており、メッセージが書いてあった。

ラヴュリントスからの初めての脱出おめでとう。
もし君たちが、アドレス・クリスタルと遭遇しているのなら、
次回以降はこの扉、左手の魔方陣から挑戦が可能になる。
腕輪のマップ機能を呼び出し、
スタートアドレスの設定から、スタート地点を設定するといい。
設定してあるのならば、『リスタート』の呪文で、
設定したアドレス・クリスタルから攻略を再開可能だ。
アドレス・クリスタルが一つも登録されていない場合、
外からこの扉をくぐることはできないので気をつけたまえ。

「左？」

一見するとなにもないように見えるんだけど……

「お、赤い封石があるみたいだぜ」

フレッドがすぐに気がついて指で示した。

そこに、これまでどおりに腕輪をかざすと、その石を基点に壁に木の扉が姿を見せる。

「なるほど。この先の魔方陣で、リスタートと唱えればいいんだな」

「マップからの設定ってのは……」

女神の腕輪に触れ、マップの項目を呼び出すと、スタートアドレスの設定という項目が増えていた。

「いつの間に――というか、アドレス・クリスタルを登録したからこういう項目が増えたのかね？」

「どうだろうな。まぁ難しく考えてもしかたないだろう。そういう機能がある――そう思っておけば話は早い」

「身も蓋もないけど、サリトスの言うとおりかもしれないね」

利用できるだけ利用させてもらうさ。

もとより、腕輪《こいつ》がなければ、まともに攻略できないようなダンジョンだしね。

「この扉、こっち側に封石が付いてるんだね」

「赤ってことは各自で見え方が違うタイプのあれだな」

「一度攻略した者しか通り抜けられない扉というコトか」

そうして、消えた扉を越えていくと――

こちらを見ながら目を見開き、固まっている王国兵がいた。

最初に入ったときにいた王国兵とは違うから、交代でもしたんだろう。

「み、皆さん、今――あ、開かずの扉をすり抜けて……ッ⁉」

ああ、そうか。

確かにそう見えちまうんだったね。

「落ち着け。このダンジョンの仕掛けの一つだ。ダンジョンの中で特定の条件を満たすと、扉をすり抜けられるようになる」

サリトスがすぐにそう告げると、王国兵は納得したように息を吐いた。

「では、今後はほかの者もこの扉を？」

その質問に、サリトスが首を横に振った。

「すり抜けられるのは、ダンジョン内で条件を満たした者だけだ」

「そうですか」

少し残念そうに、そして少し不思議そうに王国兵は了解をする。

まぁダンジョンなんてのは不思議の溜《た》まり場《ば》だからね。理解や納得が及ばなくても、このダンジョンはそういうものなのか――と、受け入れちまうんだろう。

「ともあれ、先行挑戦《ファーストアタック》、お疲れさまでした」

気を取り直すように顔をあげ、王国兵が笑顔を向けてくれる。

いいねぇ……こうやって素直に労《いた》われるってのは、悪い気はしないよ。

「そして、セルベッサ国王陛下より直々の伝言です」

姿勢を正す王国兵に、サリトスはだいたい想像ができていると、うなずく。

「ギルドに寄る前に会いに来い――だろ？」

「え？　あ、はいッ！　そのとおりです。どうしておわかりに？」

「最初にここにいた君の同僚に、陛下への手紙を届けてもらったしな」

その手紙に、きっと陛下しか気づけない仕込みとかしてそうだね。

差出人がサリトスって時点で、色々と便宜を図ってくれるんだろうけどさ。

ここだけの話——サリトスと陛下は飲み仲間だしね。

ほんとだよ？

お忍び好きの陛下は、よくサリトス行きつけの酒場に変装して姿を見せるのさ。

そのまま、あたしとサリトスのアジトまで付いてきて、一泊してくこともあるくらいだしね。

……サリトスに愚痴りながら飲んでるときの陛下って、若き賢王って肩書きも大変なんだねぇ
……って気分になるよ。

それはさておくとして——と。

「えーっと、そのお呼ばれ、おっさんも行かないとダメ？」

「むろんだフレッド。むしろなぜ、断れると思った？　陛下直々の呼び出しだぞ？　断る方が不敬だろう」

サリトスがうなずくと、フレッドは露骨に顔をしかめた。

「そうさね。ま、色々と諦めな。金がないって言うなら、あたしとサリトスが出すさ」

「え？　待って。何で謁見するのに金の話になるわけ？」

「そりゃあ決まってるだろフレッド。おめかしするのさ。サリトスは多くの貴族と親交のある

探索者《シーカー》だ。探索中やプライベートならいざ知らず、陛下とお会いするのに、めかし込まない理由がない。それに付き合うんだから、あたしらもあたしらに可能な範囲でおめかしするんだよ。サリトスを守る為にね」

ふつうの探索者《シーカー》が呼ばれた場合は、汚れてない格好であればいいんだろうけどね。サリトスはわりと貴族の下っ端ぐらいには着飾っていくんだよねぇ……。

付き合わされてる身にもなってほしい――と愚痴ったら、翌日アジトにあたし用のドレスと、あたしの妹であるコロナ用のドレスが合計四着とか届いたことがあったくらいだから……。

こいつの中で陛下にお会いするときは、そういう格好をするもんだ――ってなっているんだろうね。

「着飾るのがどうしてサリトスを守るって話になるのよ？」

「貴族に人気の探索者《シーカー》サリトスは、その仲間も下餞《げせん》で考えなしの探索者《シーカー》とは異なる有能な者――サリトスはそういう仲間を見つける能力を有しているのだから素晴らしい、って思ってもらう為だよ。だってそうだろ？　サリトスが所詮は下餞な探索者《シーカー》って思われるのは最悪なんだ。サリトスがこれまで築いてきた貴族からの信頼を壊すことになる」

まぁその探索者《シーカー》サリトスのファン筆頭が陛下なんだから、色々と受け入れるしかないんだよね……。

「翻って、あたしらもサリトスの仲間として貴族からの覚えがよくなれば、ほかの探索者《シーカー》のやっかみから守ってもらいやすくなる。だからまぁメリットはあるよ」

「おたくら……探索だけじゃなくて、ふつうに政治にまで関わってない？」

「関わりたくて関わってるんじゃないよ。何度も言うけど、サリトスは貴族から人気なんだよ。探索者《シーカー》なのに。そのせいで、色々巻き込まれるんだ。あたしが関わってるんじゃなくて、サリトスが巻き込まれるコトに、あたしも巻き込まれてるんだってば」

後半は完全に愚痴だ。

もっとも、サリトスが貴族に顔が広いおかげで、助かってる面も多々あるんだけどさ。

……この場にはいないけど、あたしの妹は商人たちに対して顔が広いから、なにげにうちのチームって、結構恵まれてはいるんだよね。

まぁ、あたしは腕力振り回すくらいのことしかできないんだけどさ。

「嬢ちゃんの心の叫びが聞こえた気がするから、深く突っ込まないでおくよ」

「そうしておくれよ」

謁見に対して完全に腰が引けてるフレッドを説得している間、サリトスは王国兵とあれこれやりとりをしている。

謁見に関する話や、ここであったことの情報交換などが主だろう。

「フレッド。ディアリナ。俺は少し、宝部屋へ行ってくる。おまえたちはここで喋っていて構わないぞ」

「あいよ」

宣言どおりに宝部屋へと向かうサリトスを見ながら、フレッドの顔には探索の疲労を超える疲れが滲んでる。

「貴族向けの対応とかできないぞ、オレ……」

「そりゃあ、あたしもそうだよ。まぁ謁見中は基本的にサリトスしか喋らないから、そのときのマナーさえ押さえておけば平気だよ」

「食事会とかにお呼ばれしちゃったら？」

「……あたしの妹を巻き込む。あの子、なぜかそういう場になれてるからね。情けないお姉ちゃんだけど、妹に守ってもらえるなら安心さ」

「……おっさんの守りは？」

「がんばれ、おっさん！」

「それはちょっとひどくないッ!?」

あたしが親指を立てて応援してやったっていうのに、何で目くじらを立てるんだろうね、フレッドは。

「なにをやっているんだ、おまえたちは？」

「お帰りサリトス。お宝部屋になんの用があったの？」

「これだ」

サリトスが差し出してきたのは、女神ミツカ・カインの腕輪だ。

「おまえたちも一つずつ収納しておいてくれ。基本収納欄ではなく、貴重品欄に収納されるのは確認済みだ。そしてこのエントランスも、『ダンジョン内』に含まれるコトもな」

「お早いお仕事で」

フレッドが茶化すけど、それはバカにした言い方じゃなかった。むしろ、どこか褒めている口調だ。

「それで、どうして腕輪の回収を？」

もう自分たちの分は手元にあるだろう——というフレッドの問いに、サリトスはやや真面目な顔をした。

「今のギルドマスターを信用できないし、あの男のせいで調子づいている探索者《シーカー》たちを信用できない」

「うん？」

サリトスからするとそれが理由だとばかりの物言いだけど……

「む？　伝わってないのか……？」

こちらに視線を向けてくるサリトスに、あたしはうなずく。

ごめんよサリトス。さすがに今回は翻訳不可能っぽいよ。

「ギルドに行かずに会いに来い——つまりはギルドに報告するなという意味だ」

それはいいか——と問われ、あたしたちはうなずく。

もちろん。仕事はギルドから回されてるわけだから、最低限の仕事報告はするさ。

そのあたりは、陛下だってわかってて言っているんだろう。

あるいは、会いに来いというのは、そのあたりの話をすりあわせようってことかもしれないね。

「ふつうのギルドマスターであれば、理由と内心はともかく、素直にそれを受け入れる」

そりゃそうだ。

なんたって、この国で一番偉い人からの指示だしね。

「あー……なるほど。こっちの報告前に勝手に探索されるコト。そして、あの宝箱の仕掛けに気づかれちまうのは、迷惑なワケだ」

「そうだ。あのギルドマスターであれば、報告にこない方が悪いという理由で俺たちに責任を擦《なす》り付《つ》けてくるだろう。自分たちが先行挑戦《ファーストアタック》を渋っていた以上、それは理由になっていないが、今の王都に増えている探索者《シーカー》の空気を思うと、それに便乗してくる者も少なくない。何せ、俺たちは『いくら罵っても誰も擁護しない臆病者』だしな」

サブギルドマスターは信用できる男なんだけどねぇ……

確かに今のギルドマスターはそういうことしそうだよ。

「だから、仕掛けを元に戻しておこうと思ってな。あの宝箱はフタを閉め、一定時間たつと腕輪を生成する仕掛けだ。逆に言えば、開けっぱなしにしておくと、腕輪は生まれない」

「ふむ。たとえ閉めても、時間がたたなければ腕輪は生成されない。腕輪がなければ探索もできない――まあ、足止めにはなるわな」

「気が短ければ短いほど、あの宝箱の仕掛けは解けないだろうからな」

こういうところの抜け目の無さと、可能な限り詰めの甘さを排除しようとする姿勢は、探索者《シーカー》ってより貴族なんだよねぇ、サリトスは。

「見張りの兵士には仕掛けと、謁見理由を説明してある。定期的に宝箱の様子をみて、閉まっていたら開くように言っておいた。腕輪が生成されていたら回収して、見張りたちのキャンプ地に隠していてほしいとも頼んだ。その場合、後ほど回収するとも言ってある」

そしてこういう細かいところに目端の利く感じが、ふつうの探索者《シーカー》と違うって思って楽しくなっちゃったんだよね。

勢いで口説き落として、チームを組んでもらったんだっけか……。

「――そういうワケでこの場でできるコトもすべて終わったと思う」

「そうさね。あたしもやり残しはないね」

「オレもないな。楽しい先行挑戦《ファーストアタック》だったぜ」

はっきり言って、先行挑戦《ファーストアタック》としては大成功の部類だ。

結構なお宝――だと思う。まだ鑑定してないけど――も手に入ったしね。

「ならば、今回はここで挑戦終了《クエストエンド》だ。王都へ帰ろう」

サリトスの宣言に――

「お疲れいッ！」

あたしとフレッドはハイタッチを交わした。

クールなサリトスとはやりづらいんだけど、調子の軽いフレッドがいるなら、こういうのもありだね。

そうして歩き出すと、なぜか右手を所在なさげにして、不満顔のサリトスが目に入る。

「……サリトス、アンタ……」

もしかしなくても、ハイタッチに交ざりたかった？

なら、今度やるときは交ぜてやるとしようかね。

北乃ゆうひ（きたの・ゆうひ）

1984年生まれ。東京に生息している。RPGと格闘ゲームを主食に、漫画やラノベ、アニメを食べて育つ。古くより、その脳みそを原材料に物語が作られ続けており、2017年より「小説家になろう」へ本格的に投稿を開始。本作がデビュー作となる。

レジェンドノベルス
LEGEND NOVELS

俺《おれ》はダンジョンマスター、
真《しん》の迷宮《めいきゅう》探索《たんさく》というものを教《おし》えてやろう
1

2019年4月5日　第1刷発行

［著者］　北乃《きたの》ゆうひ
［装画］　黒井《くろい》ススム
［装幀］　ムシカゴグラフィクス

［発行者］　渡瀬昌彦
［発行所］　株式会社 講談社
〒112-8001 東京都文京区音羽2-12-21
電話　［出版］03-5395-3433
［販売］03-5395-5817
［業務］03-5395-3615

［本文データ制作］　講談社デジタル製作
［印刷所］　凸版印刷 株式会社
［製本所］　株式会社 若林製本工場

N.D.C.913 271p 20cm ISBN 978-4-06-514597-5